岩 波 文 庫

37-770-2

小 説 の 技 法

ミラン・クンデラ作
西 永 良 成 訳

岩 波 書 店

L' ART DU ROMAN
by Milan Kundera

First published 1986 by Éditions Gallimard, Paris.
This Japanese edition published 2016
by Iwanami Shoten, Publishers, Tokyo
by arrangement with The Wylie Agency (UK) Ltd, London

私は理論の世界とは無縁の人間だから、以下はひとりの実作者の考察である。それぞれの小説家の作品は暗黙のうちになんらかの小説史観、小説とは何であるかという考えをもっている。私が語らせたのは、みずからの小説に内在するその小説観である。

ここに集められた七編のテクストは一九七九年と一九八五年のあいだに書かれ、公刊もしくは発表された。それぞれ別個に誕生したものだが、私はのちにそれらを一冊の本にまとめようと考えて構想したのであり、刊行は一九八六年になされた。

目次

凡例

一、本書は Milan Kundera : *L'art du roman* (2011, Gallimard, Collection Folio) の全訳である。

一、言及される作家、芸術家、哲学者などは巻末に人名索引を付し、それぞれ言及される本書の頁を示す。

一、〔……〕の部分は訳者の補足であり、また本書がクンデラ文学の入門書の役割も果たしうることを考慮し、言及される作者の作品の該当箇所を示す。

一、本書中の引用文は全体の流れと統一を考慮し、原則としてすべてフランス語原文からの拙訳である。

小説の技法

第一部　評判の悪いセルバンテスの遺産

1

死の三年前の一九三五年、エトムント・フッサールはウィーンとプラハでヨーロッパ的人間性の危機に関する有名な講演をおこなった。彼にとって「ヨーロッパ的」という形容詞は、古代のギリシャ哲学とともに生まれ、地理的なヨーロッパを越えて、（たとえばアメリカに）広がった精神的同一性のことを指している。古代のギリシャ哲学こそが〈歴史〉において最初に、世界（総体としての世界）を解決すべき問題として把握し、しかじかの実際的欲求を満たすためではなく、「人間が認識の情熱にとりつかれた」がゆえに、世界に問いかけたというのである。

フッサールが語っている危機はじつに根深いものに思われたので、はたしてヨーロッパはこの危機の後も生き残ることができるかどうかと、彼自身が自問したほどだった。彼はこの危機の根源が近代の黎明期に、ガリレイやデカルト、すなわち世界を技術・数学的探求のたんなる一対象に還元して、その地平から人生の具体的世界、彼の言葉では

「生活世界 die Lebenswelt」を排除したヨーロッパ諸科学の一方的な性格にあると信じていた。

人間は諸科学の飛躍的な発展によって、様々に専門化された領域のトンネルに押しやられ、知識が増えれば増えるほど、世界の全体もじぶん自身も見失っていった。その結果、フッサールの弟子のハイデガーが「存在忘却」という美しく、ほとんど魔術的な言い回しで呼んだものの中に沈みこむことになった。

かつてデカルトによって「自然の支配者にして所有者」の地位にまで祭り上げられた人間は今や、人間を超え、人間を凌駕し、所有する諸力〈技術、政治、〈歴史〉などの力〉にとってはたんなる事物にすぎなくなった。これらの諸力には人間の具体的な存在、人間の「生活世界 die Lebenswelt」はもはやなんの値打ちも面白みもないものになって霞んでしまい、あらかじめ忘れられているのだ。

2

とはいえ私は、近代に向けられるそのような厳しい眼差しをたんなる断罪とみなすのは素朴だろうと思う。私ならむしろ、このふたりの偉大な哲学者は、堕落であると同時に進歩であり、人間的なもののすべてと同じく、誕生のうちに終焉の萌芽を含んでいたこの時代の両義性を明るみに出したのだと言うだろう。このような両義性があるからといって、ヨーロッパのこの四世紀が貶められていいとは思えないし、哲学者ではなく小説家である私としては、なおさらそれに愛着を感ずる。というのも、私にとって近代の創始者はデカルトだけではなく、またセルバンテスでもあるからだ。

このふたりの現象学者が近代を評価するさいに考慮するのを怠ったのは、おそらくセルバンテスだろう。つまり私は、哲学と諸科学が人間存在を忘却したというのが事実なら、セルバンテスとともに一つの偉大なヨーロッパの芸術が形成され、この芸術が当の存在忘却の探求に他ならないことが、よけい明瞭に分かると言いたいのだ。

じっさい、ハイデガーが『存在と時間』の中で分析し、これまでの哲学全体によって打ち捨てられていると判断した実存の主要なテーマのすべては、この四世紀のヨーロッパの小説によって明るみに出され、示され、解き明かされてきたのである。小説は固有の仕方、固有の論理によって、人生の様々な諸相を一つひとつ発見してきた。すなわち、セルバンテスの同時代人たちとともに冒険とは何かを問い、サミュエル・リチャードソンとともに「内面に生起するもの」を検討し、秘められた感情生活を明るみに出しはじめ、バルザックとともに〈歴史〉に根ざす人間を発見し、フローベールとともにそれまで「未知の大陸 terra incognita」だった日常性を探求し、トルストイとともに人間の決断と行動に介入する非理性的なものに関心を寄せた。小説は時間を測定して、マルセル・プルーストとともに過去の捉えがたい瞬間を、ジェームズ・ジョイスとともに現在の捉えがたい瞬間を測定した。トーマス・マンとともに時代の奥底からやってきて、私たちの歩みを遠隔操作する神話の役割を問うた、等々。

小説は近代の端緒からたえず人間に忠実に伴ってきた。この端緒から、「認識の情熱」(フッサールがヨーロッパ的精神性の本質とみなす情熱)が小説にとりついて、小説は人間の具体的な生活を吟味し、これを「存在忘却」から保護して、「生活世界」に絶え間なく照明をあてることになった。この意味において、ただ小説だけが発見できることを発見することこそ小説の唯一の存在理由だ、と執拗に繰りかえし述べたヘルマン・ブロッホを私は理解し、彼に賛同する。それまで未知だった実存の一部分でも発見しない小説は不道徳であり、認識こそが小説の唯一のモラルなのだ。

私はこれにただ一点、次のことを付けくわえておく。小説はヨーロッパの所産であり、様々な言語でなされていても、小説の諸発見はヨーロッパ全体のものだということである。諸発見の継承（すでに書かれたものの加算ではない）こそがヨーロッパの小説史となっているのであり、このような超国民的なコンテクストにおいてのみ、一つの作品の価値（つまりその発見の射程）が十全に検討され、理解されるのである。

3

神がそれまで宇宙とその価値の秩序を統御して善悪を区別し、それぞれの事物に一つの意味をあたえていた場所からゆっくりと立ち去ろうとしていたとき、ドン・キホーテは家の外に出てみたものの、世界を世界として認識することがもはやできなくなっていた。〈最高審判者〉がいない世界は、突如恐るべき両義性をまとって現れ、神の唯一の〈真理〉は多数の相対的な真実に解体されて、人間たちがそれを分かちもつことになった。このようにして近代の世界、それとともに近代のイメージとモデルとしての小説が誕生した。

デカルトとともに、思惟する自我を万物の基礎として理解し、それによってひとりで宇宙に対面することは、ヘーゲルがいみじくも英雄的と評価した態度である。

セルバンテスとともに世界を両義性として理解し、唯一の絶対的な真理ではなく、互いに異論を唱え合う多数の相対的な真実（登場人物と呼ばれる想像的自我に体現される真実）に直面しなければならず、その結果、唯一の確信として不確信性の知恵をもつようになるのにも、やはり大きな力が必要とされる。

セルバンテスの偉大な小説は何を言いたいのか？　この点に関してはふんだんに文献がある。この小説の中に、ある者たちはドン・キホーテのあやふやな理想主義にたいする理性的な批判が見られると主張する。また、別の者たちはこの同じ理想主義の称揚が見られると主張する。これらの解釈がいずれも間違っているのは、小説の根底に問いかけではなく、道徳的な先入観を見出そうとするからである。

人間は善悪が明確に区別できる世界を願う。というのも、理解する前に判断したいという御しがたい生得の欲望が心にあるからだ。この欲望の上に諸々の宗教やイデオロギーが基づいている。これらは相対的で両義的な小説の言語を明白で断定的な言説の形に言い表せる場合にしか小説と和解できず、つねに誰かが正しいことを要求する。アンナ・カレーニナが偏狭な暴君の犠牲者なのか、カレーニンが不道徳な女性の犠牲者なのか、そのどちらかでなければならないのだ。あるいは、無実なKが不正な法廷によって粉砕されるのか、裁判所の背後に神の正義が隠れているのだからKは有罪なのか、そのどちらかでなければならないのだ。

この「どちらかでなければならない」ということの内に、人間的事象の本質的な相対性に耐えることができない無能性、〈最高審判者〉の不在を直視できない無能性が内包されている。このような無能性のために、小説の知恵(不確実性の知恵)を受け容れ、理解することが困難になるのである。

4

ドン・キホーテは眼前に広々と開かれている世界に向かって出発した。彼は自由にこの世界にはいることができたし、また望むときにじぶんの家にもどることもできた。ヨーロッパの初期の小説は、無限と思われる世界をめぐる旅のようなものだった。『運命論者ジャック』(ディドロの小説)の冒頭は旅の途上にあるふたりの主人公を不意にとらえる。読者は彼らがどこから来たのかも、どこに行くのかも知らないのだ。彼らは始まりも終わりもない時間、境界のない空間、ヨーロッパの只中にいるのだが、このヨーロッパにとって未来が終わることはけっしてありえなかった。

ディドロの半世紀後のバルザックにあっては、遥か彼方の地平線がさながら近代建築の蔭に隠される風景のように消え去っている。ここで近代建築とは警察、裁判所、金融と犯罪の世界、軍隊、国家などの社会制度のことだ。バルザックの時代はセルバンテスあるいはディドロのような幸福な無為をもはや知らず、〈歴史〉という名の列車に乗りこんでいる。この列車に乗るのは易しいが、降りるのは難しい。とはいえ、この列車はなんら恐ろしいものではなく、そこには魅力さえある。この列車はすべての乗客にたいして冒険を、そして冒険とともに望みうる最高の称号を約束するのだ。

もっと後の時代のエンマ・ボヴァリーにとって、地平線はほとんど柵に似てくるほど縮まってしまう。冒険は柵の向こう側にあり、郷愁は耐え難いくらいだ。日常性の倦怠の中で夢と夢想が大きな役割を占めることになり、外界の失われた無限は魂の無限に取って代わられる。ヨーロッパのもっとも美しい幻想の一つである、個人のかけがえのない単一性という大いなる幻想が消え去ってしまう。

しかし、魂の無限についての夢も、〈歴史〉もしくは全能の社会の超人間的力として残っている歴史的なものが人間にとりつくときには、その魔力を失ってしまう。社会はもはや望みうる最高の称号を人間に約束せず、かろうじて測量士のポストを約束するだけだ。裁判所を前にしたK、城を前にしたKに何ができるだろうか？ 大したことではない。彼はせめてかつてのエンマ・ボヴァリーのように夢みることができるだろうか？ いや、状況の罠はあまりにも恐ろしく、まるで掃除機のように、Kのすべての考えや感情を吸いこんでしまい、彼はもはやじぶんの訴訟、測量士のポストのことしか考えられない。魂の無限というものがあるとしても、それは人間のなかば無益な付属物になってしまうのだ。

5

小説が辿った途は、近代と並行する歴史として浮かびあがってくる。振り返ってこの途を見わたしてみると、私にはそれが奇妙に短く、閉じてしまったように見えてくる。ドン・キホーテその人が三世紀の旅の後、測量士に変装して村にもどってきているのではないか？ かつて彼はみずからの冒険を選ぶために旅立ったというのに、今では城下のその村でなんの選択の余地もなく、冒険は彼に押しつけられたもの、すなわち彼の書類の中に紛れこんだある間違いをめぐる役所との惨めな係争でしかなくなっているのだ。三世紀後になって、小説の最初の偉大なテーマだった冒険にいったい何が起こったのか？ 冒険は冒険のパロディーになったのか？ これは何を意味するのか？ 小説が辿った途は一つの逆説に終わるということなのか？

そう、そのように考えることもできるだろう。しかし逆説はただ一つではなく、多数あるのだ。『兵士シュヴェイクの冒険』〔ハシェクの小説〕はおそらく最後の偉大な大衆小説だろうが、この喜劇小説が同時に一つの戦争小説であり、その筋が軍隊と前線で展開するというのは驚くべきことではないだろうか？ もし戦争とその残虐行為が笑いの対象になるのだとすれば、いったいこの戦争と残虐行為にどういう事態が生じたのか？

ホメロス、トルストイにおいては、戦争にはまったく明白な意味があり、人々は美しいヘレネ、あるいはロシアのために戦っていた。ところが、シュヴェイクとその戦友たちは、何故だか分からないまま、いや、さらにショッキングなことに、なんの関心ももたないまま前線に赴くのである。

しかし、戦争の原動力がヘレネでも祖国でもないとすれば、それはいったい何なのか？　みずからを力として誇示したがるたんなる力なのか？　後になってハイデガーが語ることになる、あの「意志への意志」なのか？　しかし、それならあらゆる戦争の蔭につねに存在していたのではないのか？　もちろんそうだ。しかし、ハシェクの場合、この力は多少なりとも合理的な言説によってじぶんを隠そうとさえしないのである。誰ひとりとしてプロパガンダの駄弁を信じていない。この駄弁をでっちあげる者たちさえも信じていないのだ。力は露骨、カフカの小説におけるのと同じように露骨なのである。じっさい、法廷がKを処刑することによってなんら得るものがないのと同様、城は測量士をやきもきさせることによってなんの得をするわけでもない。なぜ過去のドイツ、現在のロシアが世界を支配したがるのか？　もっと豊かになるためか？　もっと幸せになるためか？　いや、ちがう。力の攻撃性はまったく利害を超えたもの、動機のないものであり、それはおのれの意欲しか欲せず、ただたんに不合理なものなのだ。

したがってカフカとハシェクは、次のような途方もない逆説に私たちを直面させる。すなわち、近代のあいだ、デカルト的理性は中世から引き継がれたあらゆる価値を一つひとつ腐食させていった。だが、理性の全面的な勝利の瞬間に世界の舞台を占拠することになるのは、たんに不合理なもの(ただおのれの意欲しか欲しない力)なのだ。なぜなら、この不合理なものを阻止できるような、共通に認められた価値体系などもはや何もないのだから。

ヘルマン・ブロッホの『夢遊の人々』の中で見事に明らかにされたこの逆説は、私が最後の、とでも呼びたい逆説の一つである。他にもこのような逆説がある。たとえば近代は様々な個別の文明に分かれていたが、いつの日か一体性を、そして一体性とともに、永遠の平和を見出す人類という夢をはぐくんできた。こんにち、地球の歴史は分割できない一つの一体性を成しているが、久しく夢みられてきたあの人類の一体性を実現し保証しているのは、たえず所を変える恒常的な戦争なのだ。人類の一体性とは、誰も、どこにも逃れられないということを意味するのである。

6

フッサールがヨーロッパの危機とヨーロッパ的人間性の消滅の可能性について語った講演は、彼の哲学的遺言だった。彼はこの講演を中央ヨーロッパの二つの首都でおこなった。この巡り合わせは意味深い。じっさい、西洋が近代史上初めて西洋の死、より正確にはワルシャワ、ブダペスト、プラハがロシア帝国に呑みこまれた時に、西洋の一部分の切断を見ることができたのはこの中央ヨーロッパだったからである。この不幸は、ハプスブルク帝国によって開始され、この帝国を終焉にみちびき、弱体化したヨーロッパを決定的に不安定にした第一次世界大戦によって産みだされた。

　人間がただおのれの魂の怪物とだけ闘っていればよかった最後の平和な時代、ジョイスとプルーストの時代は過ぎ去った。カフカ、ハシェク、ムージル、ブロッホらの小説では、怪物は外からやってくる。それが〈歴史〉と呼ばれるものだが、この怪物はもはや冒険家たちの列車とは似ても似つかない、非人格的で、統御も計測もできず、理解を超える──そして誰も逃れられないものだった。この時（一九一四年の戦争直後）に中央ヨーロッパが輩出した偉大な小説家たちは、近代の最後の逆説に気づき、触れ、捉えたのだった。

　しかし、彼らの小説を社会・政治的予言、先駆的なオーウェル！として読んではならない！オーウェルが（小説『一九八四年』で）私たちに言っていることは、エッセーもしくはパンフレットによっても同じように（というか、ずっと上手に）言いえたことだろう。逆に、これらの小説家たちは「ただ小説だけが発見できること」を発見する。彼らは「最後の逆説」という状況の中で、実存の諸範疇がいかにして突如意味を変えるかを示す。たとえば、Kのような人間に行動の自由がまったくないに等しいとすれば、冒険とは何なのか？　『特性のない男』の知識人たちが、明日にもじぶんたちの人生を吹き飛ばしてしまうかもしれない戦争にいささかの疑念もいだかないとすれば、未来とは何なのか？　ブロッホのユグノオがみずから犯した殺人のことを後悔しないばかりか忘れているとすれば、犯罪とは何なのか？　そして、この時期の唯一の偉大な喜劇小説であるハシェクの小説の舞台が戦争であるとすれば、喜劇にはいったい何が起こったのか？　Kが愛の床においてさえ、城から派遣されたふたりの男につきまとわれるとすれば、私的なものと公的なものの区別はどこにあるのか？　この場合に、孤独とは何か？　人々が私たちに信じさせようとしたような重荷、不安、呪詛なのか？　そうではなくて逆に、遍在する集団性によって押しつぶされつつある、このうえなく貴重な価値なのか？

小説史の様々な時期はとても長く（これは流行の熱病的な変化とは何の関係もない）、小説が優先的に検討する存在のしかじかの諸相によって特徴づけられる。その結果、フローベールによる日常生活の発見にふくまれる可能性が十全に展開されるのはようやく七十年後になって、ジェイムズ・ジョイスの巨大な作品においてである。五十年前の中央ヨーロッパの巨匠たちによって開始された時期（最後の逆説の時期）が終ってしまったとは、私にはとうてい思えないのである。

7

多くの人々が小説の終焉について語って久しい。とくに未来派たち、シュルレアリストたち、ほとんどすべての前衛たちがそうだ。彼らは、小説が進展の途上で、根底的に新しい未来のため、以前に存在した何にも似ていない芸術のために消えていくものと考えた。歴史の裁きを顧慮すれば、小説はいずれ貧困、支配階級、車の古いモデル、あるいはシルクハットとともに、葬り去られるだろうと言うのである。

とはいえ、もしセルバンテスが近代の創始者だとすれば、彼の遺産の終焉はたんに文学的形式における交替以上のものを意味するはずだ。それは近代の終焉を予告する。だからこそ私には、小説の死亡通知を口にする者たちのお目出たい微笑が軽薄に見えるのだ。それが軽薄なのは、私が人生の大半を過ごした、通常全体主義と呼ばれる世界で小説の死、（発禁、検閲、イデオロギー的圧力などによる）小説の熾烈な死をすでに見とどけ、経験したからに他ならない。このときに小説は滅びうる、西洋の近代と同じように滅びうることがはっきりと示された。人間的事象の相対性と両義性に基盤を置く世界のモデルとしての小説は、全体主義の世界とは両立できない。この非両立性は異端派と共産党幹部、人権擁護派と拷問者をへだてる非両立性よりもさらに根深い。なぜなら、この非両立性は政治的もしくは道徳的であるばかりか、存在論的なものだからだ。これは唯一の〈真理〉に基づく世界と両義的かつ相対的な小説の世界とは、それぞれまったく別の質料によってつくられているということに他ならない。全体主義的な〈真理〉は相対性、懐疑、問いかけを排除し、したがって私が小説の精神と呼びたいものとは断じて和解できないのである。

だが、共産主義ロシアでは何千何万もの小説が膨大な部数刊行され、大成功を収めているではないか？　たしかにそうだ。しかしこれらの小説はもはや、人間という存在が獲得したものを先に進めるものではなく、実存のいかなる新しい部分も発見せず、ただたんにすでに言われたことを確認しているにすぎない。もっと悪いのは、言われていること（言うべきこと）のこの確認のなかに、これらの小説の存在理由、栄光、社会における有用性があるということだ。これらの小説は何も発見しないのだから、私が小説史と呼ぶ諸発見の継承に関わるものではなく、小説史の外側に位置している。あるいは、小説史の終わり以後の小説なのである。

　スターリン主義の帝国では、小説史はほぼ半世紀前に停止している。したがって、小説の死というのはなんら根拠のない考えではなく、すでにじっさいに起こったことなのだ。そして私たちは今や、小説がいかにして死にかけるものかを知っている。つまり小説は消滅するのではなく、その歴史が停止し、あとに残るのがただ反復の時代であり、そこでは小説がその固有の精神を取りのぞかれた形式を再製するのみである。だからそれは誰にも気づかれず、誰にも衝撃をあたえない、隠された死になるのだ。

8

　だが、小説は固有の内的論理によって、その旅程の果てに到達しているのではないか？　小説はとっくにその可能性、認識、形式のすべてを開拓し尽くしたのではないか？　私は小説の歴史がずっと前から枯渇した炭坑に比べられるのを耳にしたことがあるが、この歴史はむしろ取り逃がした好機、聞き届けられなかった呼びかけの墓場に似ているのではないだろうか? 私はとりわけ以下の四つの呼びかけを感じとっている。遊びの呼びかけ。——ローレンス・スターンの『トリストラム・シャンディ』、ドゥニ・ディドロの『運命論者ジャック』は、現在の私には十八世紀小説の二大傑作、壮大な遊びとして構想された二大小説だと見える。この二つは空前絶後の軽さの頂点だった。これ以後の小説は本当らしさの要請、写実主義的背景、年代の厳密な順序などに束縛されることになり、この二大傑作が現在知られているのとは別の進展を創始することもできたのに、そこに含まれていた可能性を捨ててしまったのである(そう、ヨーロッパの別の小説史を想像することもできるのだ……)。

夢の呼びかけ。——眠っていた十九世紀の想像力はフランツ・カフカによって不意に目覚めさせられた。カフカは夢と現実の融合という、彼の後シュルレアリストたちが念願したが、本当には実現できなかったことに成功した。この並外れた発見は一つの進化の完成というよりもむしろ、一つの予期せぬ開始だった。このことによって私たちは、小説とは夢の中におけるように想像力が爆発できる場であり、また小説は一見避けがたい、本当らしさの要請を免れうることを知るのである。

思考の呼びかけ。——ブロッホとムージルは比類のない輝かしい知性を小説の舞台に導入した。それは小説を哲学に変えるためではなく、人間という存在を解明できるような、理性的および不合理な、語りおよび思索のあらゆる手段を物語の基盤の上に動員するため、つまり小説を知的な最高の総合にするためだった。彼らの壮挙は小説史の完成というか、むしろ長い旅への誘いではないだろうか？

時間の呼びかけ。──最後の逆説の時代の小説家は、時間という問題をもはや個人の記憶というプルースト的な問題には限定せず、集団の時間、ヨーロッパの時間──老人がじぶんの過ぎ去った人生を一望の下に収めるように、振り返ってみずからの過去を眺め、決算をし、歴史を把握しようとする──ヨーロッパの時間の謎にまで拡大するよう促がされる。これまでの小説が閉じこめられていた個人生活という時間の制約から解放され、小説の空間の中に複数の歴史的時代を導入したいという欲望はそこに由来する（ブロッホ、アラゴン、フエンテスはとっくにそのことを試みている）。

しかし私は、何も分からない小説の行方について予言などしたくなく、ただこう言いたいだけだ。たとえ小説が本当に消え去らねばならないのだとしても、それは小説が旅程の果てまで行ったからではなく、もはやじぶんのものではなくなった世界にいるからなのだと。

9

地球の歴史の統合、意地悪くも神が達成を許したこのヒューマニストの夢は、目が眩むほどの還元の過程《プロセス》に伴われている。還元の白蟻たちが久しい以前から人間生活を蝕み、最高の愛すらも結局取るに足らない思い出の残骸にされてしまうのは事実である。しかし、この呪いは現代社会の性格によって途方もなく強化される。人間の生活はその社会的な機能に還元され、一国民の歴史はいくつかの出来事に還元され、これらの出来事が今度は一つの片寄った解釈に還元される。社会生活は政治的な闘争に還元され、この政治的な戦いはただ地球の二大強国の対決に還元される。人間はまさしく還元の渦巻きの中にいて、そこではフッサールが語った「生活世界」はどうしても霞んでしまい、存在は忘却の中に落ちこんでしまう。

ところが、もし小説の存在理由が「生活世界」をたえず照らし、私たちを「存在忘却」から守ることにあるとするなら、こんにち小説の存在はかつてなく必要なのではないだろうか？

私にはそうだと思える。だが残念ながら、小説もまた、世界の意味だけでなく作品の意味をも還元する還元の白蟻にさいなまれる。小説は(文化全体と同様)ますますメディアの掌中に握られ、地球の歴史の統合を代行するこのメディアが還元の過程を増幅し、誘導する。彼らは最大多数に、みんなに、人類全体に受け容れられるような同じ単純化と紋切り型を全世界に配給する。だからいろんな機関で様々に違った政治的利害が表明されることなどはさして重要ではない。この表面上の違いの蔭には共通の精神が支配しているのだから。左派であれ右派であれ、《タイム》誌から《シュピーゲル》誌までのアメリカやドイツの政治週刊誌にざっと目を通すだけで充分だ。彼らはいずれも同じ人生観をもち、この人生観が目次構成の同じ順序、同じ見出し、同じジャーナリズム形式、同じ語彙と文体、同じ芸術趣味、彼らにとって重要なものと無意味なものとが判断される同じ序列などのなかに反映されている。様々な政治的違いの蔭に隠されているマスメディアのこのような共通の精神が私たちの時代精神なのであり、この精神は小説の精神とは反対のもののように私には思われる。

小説の精神とは複雑性の精神であり、それぞれの小説は読者に「物事はきみが思っているより複雑なのだ」と言う。これが小説の永遠の真実なのだが、この真実は問いに先立ち、問いを排除する単純で迅速な答えの喧噪の中ではだんだん聞かれなくなる。私たちの時代精神にとっては、正しいのはアンナなのかカレーニンなのかであり、知ることの困難さと真実の捉え難さを語るセルバンテスの古い知恵などは迷惑で無益に思われるのだ。

小説精神とは継続性の精神であり、それぞれの作品は先立つ作品への答えとなり、それぞれの作品の中には先行する作品の経験がそっくり含まれている。しかし私たちの時代精神は今日性《アクチュアリテ》の上に固定されている。今日性はじつに外向的で夥しいから、私たちの地平から過去を追い払い、時間を唯一現在の瞬間に還元してしまう。このような体系《システム》の中に加えられる小説はもはや作品(持続し、過去と未来を繋げるべきもの)ではなく、他の出来事と同じような今日の出来事、明日のない行為になってしまうのである。

10

これは「もはやじぶんのものではなくなった」世界で、小説がいずれ消え去ってしまうということだろうか？　小説はヨーロッパを「存在忘却」の中に沈めるままにするということだろうか？　小説の後に残るのはただ著述マニア〔やたらに本を出したがる者の意〕たちの果てしないお喋り、小説史の終わり以後の小説の小説なのだろうか？　私には何も分からない。私が知っていると信じるのはただ、小説がもはや私たちの時代精神とは平和に生きられないということだけだ。もし小説がなお、発見されていないものを発見しつづけたいのであれば、なお小説として「進歩」したいのであれば、世界の進歩に抗してしかそれをなしえないのだ。

前衛派《アヴァンギャルド》たちはこの事態を別様に見た。彼らは未来と調和するという野心にとりつかれていた。前衛芸術家たちは、たしかに勇敢で、難解で、挑発的で、顰蹙を買う作品を創ったが、しかし彼らは「時代精神」がじぶんたちに味方し、明日にはじぶんたちの正しさが認められるだろうという確信をもって作品を創っていたのである。

かつては私もまた、私たちの作品や行動を裁く唯一適格な審判は未来によってなされるとみなしていた。のちになって、未来との馴れ合いは最悪の順応主義であり、最強者への卑劣な追従だと理解した。というのも、未来はつねに現在よりも強いからだ。じっさい、私たちを裁くのはたしかに未来なのだろうが、しかしそれはきっといかなる適性もなしに、なのである。

しかし、もし未来が私の眼には何の価値もないと見えるなら、私はいったい何に執着するのだろうか？　神か？　祖国か？　人民か？　個人か？

私の答えは誠実であるとともに滑稽なものだ。私は評判の悪いセルバンテスの遺産〔小説の伝統の意。アラゴンがクンデラ『冗談』仏訳序文でもちいた表現〕以外の何にも執着しないのである。

第二部　小説の技法についての対談

クリスティアン・サルモン（以下C・Sと略す）　私はこの対談であなたの小説の美学を話題にしたいと願っていますが、何から始めたらいいでしょうか？

ミラン・クンデラ（以下M・Kと略す）　まずこう断っておきます。私の小説は心理小説ではないと。もっと正確に言えば、私の小説はふつう心理小説と呼ばれている小説美学の彼方にあるということです。

C・S　しかし、あらゆる小説はどうしても心理的なものになるのではないですか？　要は、精神《プシケ》という謎に関心を寄せるわけでしょう？

M・K　ここではもっと正確を期して、あらゆる時代のあらゆる小説は自我という謎に関心を寄せると言っておきましょう。登場人物という想像的な存在を創りだそうとするや、あなたは必ず、自我とは何か、自我は何によって捉えられるのか、という問いに直面します。これは小説を小説として成立させる根本的な問いの一つです。お望みなら、この問いにたいする答えによって、小説史の様々な傾向、そしておそらく様々な時期が見分けられると言ってもよいほどです。ヨーロッパの初期の物語作者たちは心理的なアプローチなど耳にしたことさえなく、ボッカッチョはただ行動や冒険を語っているだけです。けれども、その面白い話のすべての裏に一つの確信が認められます。つまり、誰も彼もが互いに似ている人間が日常の反復的世界の外に出るのは行動によるのであり、行動によってこそ人間は他人と区別され、個人になるという確信です。ダンテもそのことをこう言っています。「あらゆる行動において、行動する人間の最初の意図はじぶん自身の姿を明らかにすることだ」と。当初、行動は行動する人間の自画像と理解されていたわけです。ボッカッチョの四世紀後、ディドロはこれよりも懐疑的になります。彼の運命論者ジャックは友人の許嫁《フィアンセ》を誘惑して幸福に酔いしれていたところを父親にめった打ちにされ、悔しさのあまり通りかかった連隊に入隊し、最初の戦闘で膝に銃弾を撃たれて、死ぬまで足が不自由になります。彼は愛の冒険を始めると思っていたのに、じっさいにはみずからの身体障害に向かって進んでいたというわけです。彼はけっしてみずからの行為の中にじぶんの姿を認めることができず、行為と彼のあいだに裂け目が生じます。人間はみずからの行動によってじぶんの姿を明らかにしたいと願うけれども、その姿は彼には似ていない。このような行動の逆説的性格は小説の大発見の一つです。しかし、もし自我が行動の中で捉えられないとすれば、それをどこで、どのようにして捉えることができるのか？　小説が自我を探求するうちに、やがて行動という目に見える世界に背を向け、内面生活という目に見えない世界に関心を寄せる時がきます。十八世紀中葉、リチャードソンが書簡体小説を発見し、そこでは登場人物たちがそれぞれの考えや感情を告白することになるのです。

C・S　心理小説の誕生というわけですね？

M・K　その言い方はもちろん不正確で、不明確です。それを避けて、ここではすこし遠回しな言い方にしましょう。リチャードソンは小説を人間の内面生活の探索という途に向かわせた。知られるように、彼のあとに続いた偉大な後継者が、『若きヴェルテルの悩み』のゲーテ、ラクロ、コンスタン、スタンダールそして十九世紀の作家たちでした。この展開の頂点はプルーストとジョイスに見られると思われます。ジョイスはプルーストの「失われた時」よりもさらに捉えがたいもの、すなわち現在時を分析します。一見、現在時ほど明白で、触知でき、確実なものはありません。とはいえ、現在時は私たちの手から完全に逃れるものであり、人生の悲しみのすべてはそこにある。たった一秒のあいだにも、私たちの視覚、聴覚、嗅覚が（故意もしくは知らないうちに）大量の出来事を記憶し、一連の感覚や観念が私たちの頭を通りすぎる。各瞬間はそれぞれ小宇宙になるが、続く瞬間にはそれが取り返しようもなく忘れられる。ところが、ジョイスの大きな顕微鏡はこの逃げ去る瞬間を捉えて、私たちに見せてくれるのです。しかし、自我の探求は結局、またしても一つの逆説に終わります。自我を観察する顕微鏡の精度が上がれば上がるほど、自我とその唯一性は私たちの目に見えなくなる。魂を原子に解体するジョイス的な大きなレンズで見ると、私たちはみな同じような人間になってしまうからです。しかし、もし人間の内面生活の中では自我とその唯一の性格が捉えられないのだとすれば、それをどこで、どのように捉えることができるのか？

C・S　そもそもそれは捉えられるものなのでしょうか？

M・K　もちろん、捉えることなどできません。自我の探求はつねに、逆説的な不満足に終わるし、今後もそうでしょう。しかし私はそれが失敗だとは言いません。というのも、小説はおのれ自身の可能性の限界を越えられないけれども、その限界を明るみに出すことからしてすでに測り知れない発見、認識上の華々しい壮挙だからです。だからといって、偉大な小説家たちは自我の内面生活の仔細な探求に関わるどん底に触れたあとでも、意識的であれ無意識的であれ、新たな方向を探りはじめたことに変わりはありません。よくプルースト、ジョイス、カフカが現代小説の聖なる三位一体だと言われますが、私に言わせれば、そのような三位一体は存在しません。私個人の小説史においてはカフカこそが新しい方向、すなわちプルースト以後の方向を開く小説家です。彼の自我の考え方はまったく思いもかけないものです。Kは何によって唯一の存在として定義されるのか？　彼の身体上の外見によってでも(読者には何も分からない)、名前によってでも(彼には名前がない)、彼の思い出、性向、コンプレックスによってでもありません。彼の行動によってか？　彼の自由な行動範囲は嘆かわしいほど限られています。彼の内面の思考によってか？　そうです、カフカはたえずKの考察のあとを辿りますが、しかしこの考察はもっぱら現在の状況に向けられているのです。たとえば、今ただちに何をすべきか、訊問に出頭すべきか、こっそり逃げだすべきか、司祭の召還に応ずべきか否か？　Kの内面生活は彼が罠にはまった状況にすっかり吸い込まれていて、この状況を乗り越えうるもの(Kの思い出、形而上的な思索、他者たちにたいする配慮)は何も私たちに明らかにされません。プルーストにとって人間の内面世界は一つの奇蹟、たえず私たちを驚かせる一つの無限を成していました。しかし、カフカの驚きはそこにはありません。彼は人間の行動を決定する内面の動機とは何だろうかと自問するのではなく、それとは根本的に違うこんな問いを立てるのです。外部からの決定があまりにも圧倒的なので、内的な動因などもはやなんの重みもなくなってしまう世界において、人間にはいかなる可能性が残されているのか？　じっさい、Kにいくらか同性愛的な衝動があるとか、過去に痛ましい愛の経験があったとしても、そのことが彼の運命や態度の何を変えられるのか？　何もない。

C・S　あなたが『存在の耐えられない軽さ』の中で、「小説は作者の告白ではなくて、世界がそうなったところの罠の中で、人間の生がいかなるものになるのかという探求なのである」〔同書第5部15〕と言われていることですね。しかし、この罠とはどういうことを意味しているのですか？

M・K　人生が罠であるというのは、つねに知られていたことです。ひとはじぶんで頼んだわけでもないのに生まれてきて、じぶんで選んだわけでもない身体の中に閉じこめられ、いずれ死んでいく運命にあります。逆に、世界という空間はつねに逃亡の可能性をあたえてくれ、兵士は軍隊から脱走して、隣国で別の人生を始めることもできました。今世紀になって突然、世界は私たちの周りで閉じてしまいます。世界が罠に変わるというこの決定的な出来事はたぶん、（〈歴史〉において初めて）世界大戦と呼ばれた一九一四年の戦争でしたが、ここで「世界」というのは嘘です。あの戦争はヨーロッパにしか関わらず、しかもヨーロッパの全体に関わるものでもなかったのですから。しかし、だからこそよけい「世界の」という形容詞はこんな事実を前にした恐怖の感覚を雄弁に言い表しているのです。つまり、以後地球上で起こることがもはや何一つ局地的な事柄ではなく、あらゆる破局は全世界に関わるのであって、したがって私たちはますます外から、誰ひとりとして免れられず、私たちがいやがうえにも互いに似てくることになる状況によって決定されるという事実です。

ただ、私の言うことをよく理解してくださいよ。私がいわゆる心理小説の彼方に身を置いているからといって、それは私が登場人物たちから内面生活を取りのぞきたいわけではなく、私の小説が優先的に追求しているのはそれとは別の謎、別の問いだということだけです。それはまた、私が人間心理に魅せられる小説に異論を唱えるということも意味しません。プルースト以後の状況の変化はむしろ、私をノスタルジーでいっぱいにします。プルーストとともに、ある測り知れない美が私たちから遠ざかっていくのです。しかも永久に、取り戻しようもなく。ゴンブロヴィッチは天才的でもあれば滑稽でもある、こんな考えをいだきました。私たちの自我の重さは地球人口の量によって決まり、デモクリトスは四億分の一、ブラームスは十億分の一、ゴンブロヴィッチ自身は二十億分の一になると言うのです。この算術の観点からすれば、プルースト的な無限の重さ、自我の重さ、自我の内面生活の重さはますます軽くなってくる。そして軽さに向かうこの競争において、私たちは致命的な限界を越えてしまっているのです。

C・S　自我の「耐えられない軽さ」は、初期の作品以来、あなたの固定観念ですね。私はあなたの『可笑しい愛』のこと、たとえば「エドワルドと神」という短編小説のことを考えます。若いアリツェと最初の愛の一夜を過ごした後、エドワルドは彼のこれまでの人生において決定的な、奇妙な不満に捉えられます。彼は恋人を眺めながら、「アリツェの考えはじつは彼女の運命に張り付けられたものでしかなく、彼女の運命は彼女の身体に張り付けられたものでしかないのだと思った。そして彼にはもはや彼女のうちに一つの体、様々な考え、一つの伝記などの偶然の組合せ、無機的で、恣意的で、不安定な組合せしか見えなくなった」（同書第Ⅶ-9）。さらに別の短編「ヒッチハイクごっこ」では、若い娘が物語の最後の一節で、みずからの自己同一性《アイデンティティ》の不確かさに心を乱されるあまり、嗚咽しながらこう繰りかえします。「あたしはあたし、あたしはあたしなの、あたしはあたしなのよ……」（同書Ⅲ-12）。

M・K　『存在の耐えられない軽さ』では、テレザがじぶんの顔を鏡に映してみてこう自問します。もしこの鼻が一日一ミリずつ長く伸びていったとしたら、どういうことが起こるのだろうか？　どれだけの時間が経ったら、この顔がもうじぶんの顔だと分からなくなってしまうのだろうか？　そしてこの顔がじぶんとは似ても似つかないくらいになったら、それでもじぶんはじぶんなのだろうか？　自我というものはどこで始まり、どこで終わるのだろうか？」〔同書第4部6〕　お分かりでしょう。ここには心の測り知れない無限を前にしたいかなる驚きもありません。それよりむしろ、自我と自己同一性《アイデンティティ》の不確かさを前にした驚きがあると言うべきです。

C・S　あなたの小説にはいわゆる内的モノローグがまったくありませんね。

M・K　ジョイスはブルームの頭の中にマイクを設置しました。内的モノローグというこの途方もないスパイ行為のおかげで、私たちはじぶんが何であるかについて多くのことを学びました。ただ、私にはこのマイクは使えないのです。

C・S　ジョイスの『ユリシーズ』では、内的モノローグが小説全体に及んでいて、小説の構築の基礎、主要な手法になっていますね。あなたの場合には、哲学的思索がその役割を果たしているわけですか？

M・K　「哲学的」という言葉は不適切だと思います。哲学は人物がおらず、状況もない抽象的な空間で思考を展開するものですから。

C・S あなたは『存在の耐えられない軽さ』をニーチェの永遠回帰についての考察から始められているじゃないですか。ではあれが、人物がおらず、状況もない抽象的な仕方で展開される哲学的瞑想でないとしたら、いったい何なのでしょうか?

M・K いや、とんでもない! あの考察は最初の一行からトマーシュという人物の根本的な状況を導入するためであり、永遠回帰というものがない世界における実存の軽さという、彼の問題を述べるものです。さてこれでやっと、私たちの最初の問いにもどることになります。つまり、いわゆる心理小説の彼方にある小説とはいかなるものなのか? 言い換えれば、自我を捉える心理的ではない仕方とはどういうものか? 私の場合、小説において自我を捉えるとは、自我の実存的な問題体系を捉える、自我の実存的なコードを捉えるということです。私は『存在の耐えられない軽さ』を書きながら、しかじかの人物のコードはいくつかのキーワードで構成されることに気づいたのです。テレザにとっては体、心、目眩、弱さ、牧歌、〈楽園〉であり、トマーシュにとっては軽さ、重さです。私は「理解されなかった言葉」と題する部〔同書第3部3・5・7〕で、女性、忠節、裏切り、音楽、闇、光、行列、美、祖国、墓場、力といったいくつかの言葉を分析することによって、フランツとサビナの実存のコードを検討しました。これらの言葉のいずれも互いの実存のコードでは異なった意味をもっているのです。もちろん、このコードは抽象的に研究されるのではなく、行動の中、いくつもの状況の中で徐々に明らかにされるわけです。『生は彼方に』を取りあげましょう。第三部では、主人公の内気なヤロミールはまだ童貞ですが、ある日一緒に散歩していると、恋人が彼の肩に頭をのせる。彼は幸福の絶頂に達し、身体的にさえ興奮する。私はこの些細な出来事にこだわって、「ヤロミールがそれまでに知った最大の幸福が、肩のうえに娘の頭を感じたことだった」と確認します。これを出発にして、「彼にとって娘の頭は体以上のものを意味していた」と、ヤロミールのエロティスムを捉えようとしています。ただ私は、彼にとって娘の体がどうでもよいというわけではなく、「彼は娘の裸の体を欲しているのではなかった。裸の体によって照らされた娘の顔を欲していたのだ。彼は娘の体を所有することを欲していなかった。彼が所有したいと思っていたのは娘の顔であり、その顔が愛の証しとして体を捧げてくれることを欲していたのだ」とはっきり書いています。私はこのような態度になんらかの名をあたえようとして、優しさという言葉を選びました。そしてこの言葉を研究してみました。じっさい、優しさとは何なのか？　私は次々とこんな答えに達します。「優しさが生まれるのは、わたしたちが大人の年齢の入口に投げだされ、子供のときには理解していなかった幼年時代の様々な利益を苦悩とともに悟るときだ」。さらに、「優しさとは、大人の年齢がわたしたちに吹きこむ恐怖のことだ」。さらにもう一つの定義、「優しさとは、そこでは他者が子供のように扱われなければならない、人工的な空間を創りだそうとすることだ」（以上同書第三部13）。お分かりの通り、私が示しているのはヤロミールの頭の中に生起していることではなく、私自身の頭の中に生起していることなのです。つまり私は、長時間ヤロミールを観察し、一歩一歩彼の態度の核心に近づき、それを理解し、名付け、捉えようとしているわけです。

『存在の耐えられない軽さ』では、テレザはトマーシュと一緒に生活していますが、彼女の愛にはじぶんの全力を集中することが求められます。すると突然、それに耐えられなくなって、後ろを、彼女がやってきた「下方」のほうを振り返りたくなります。そこで私はこう自問します。そうなれば、彼女にはどういうことが生じるのか？　そして、彼女が目眩《めまい》に捉えられるという、答えをみつけます。しかし、目眩とは何のことか？　私はその定義をさがして、こう言うことになりました。それは「眩暈、転落したいという乗り越えがたい欲望だ」。しかし私はただちにじぶんの意見を訂正して、その定義をこう厳密にしています。「……目眩をおぼえるとはみずからの弱さに酔うことだ。ひとは自分の弱さを意識し、それに抵抗したいとは思わないで、それに身を委ねたいと願う。自分自身の弱さに酔い、さらに弱くなってみんなが見ている路上の真ん中で倒れ、地べたに這いつくばり、地べたよりもさらに低くなりたいと願うのだ」(同書第2部28)。目眩はテレザを理解するためのキーワードの一つではありますが、あなたや私を理解するためのキーワードではありません。それでも、あなたや私はその種の目眩を、少なくとも私たちの可能性、実存の可能性の一つとして知っています。そのような可能性を理解し、目眩を理解するために、私にはテレザという「実験的な自我」を考えだす必要があったわけです。

ただ、そのように問われているのはたんに個別の状況だけではなく、この小説全体が一つの長い問いなのです。思索的な問い(問いの形の思索)は私のすべての小説が構築されている基盤です。『生は彼方に』をもう少しみてみましょう。この小説の最初の表題は「抒情的時代」というものだったのですが、私は最後になって、それを面白みがなく、小むずかしいという友人たちの意見に屈して、変えてしまいました。彼らに譲歩した私は愚かでした。じっさい、私は小説の表題としてその主要なカテゴリーを選ぶのはとてもいいことだと思っているのです。『冗談』『笑いと忘却の書』『存在の耐えられない軽さ』、さらに『可笑しい愛』でさえも。この表題を面白い愛の物語という意味で理解してはなりません。愛という観念はつねに真面目さと結びついています。ところが、可笑しい愛、それは真面目さを欠いた愛というカテゴリーであり、現代人にとって肝心な概念なのですよ。しかし、『生は彼方に』にもどりましょう。この小説はいくつかの問いかけに基づいています。たとえば、抒情的な態度とは何か？　抒情的な時代としての青春期とは何か？　抒情主義―革命―青春という三つの結びつきの意味とは何か？　そして詩人であるとはどういうことか？　私は作業仮説として自分のノートに書いた次のような定義とともにこの小説を書いたことを思い出します。「詩人とは、じぶんが入ることができない世界の前に、みずからを見せびらかすよう母親に導かれた若い男のことだ」。お分かりのように、この定義は社会学的でも、審美的でも、心理的でもありません。

C·S　それは現象学的ですね。

M·K　その形容詞は悪くはありませんが、私はそれを用いることをみずからに禁じています。芸術を哲学的で理論的な潮流の派生物のように見ている教授の方々にはひどく怖気をふるう人間ですから。小説はフロイト以前に無意識を、マルクス以前に階級闘争を知り、現象学者たち以前に現象学(人間の状況の本質の探求)を実践しています。いかなる現象学者も知らなかったプルーストに、どれほど見事な「現象学的記述」が見られることでしょう!

C・S　これまでのことをまとめておきましょう。自我を捉えるいくつかのやり方がある。まず行動によって。それから内面生活において。そしてあなたのほうは、自我は実存的な問題体系の本質によって決定されると言われる。あなたの場合には、この態度からいくつかの帰結が出てきます。たとえば、状況の本質を熱心に理解されようとするのは、それがあなたから見て描写のあらゆる技術を時代遅れのものにするからのようですし、登場人物たちの身体的な外見についてはほとんど言及されません。そして、心理的な動機には状況の分析ほどの関心がないので、人物たちの過去についてはほとんど言葉を費やされません。あなたの話法があまりにも抽象的な性格をもっていることで、人物が生き生きしてこないという危険はないのでしょうか?

M・K　それと同じ質問をカフカあるいはムージルにしてみてくださいよ。もっとも、ムージルにはすでにその質問がなされました。きわめて教養豊かな人々さえも彼のことを真の小説家ではないといって非難したのです。ヴァルター・ベンヤミンは彼の知性を称賛しても、芸術は評価しませんでした。エドゥワルド・ロディティは彼の登場人物には精彩が乏しく、従うべき模範としてプルーストを勧めています。〔『特性のない男』の〕ディオティーマに比べ、〔『失われた時を求めて』の〕ヴェルデュラン夫人がいかに生き生きとして真実であるかというのです！　じっさい、心理的写実主義の長い伝統は半ば不可侵のいくつかの規範をつくりだしました。すなわち、第一に、ひとりの人物に関してその身体的な外見、話し方、振る舞い方について最大限の情報をあたえねばならない。第二に、人物の過去を知らせねばならない。なぜなら、その人物の現在の行動のすべての動機はそこにあるのだから。そして第三に、人物は全面的に独立していなければならない、つまり読者が幻想に身を委ね、フィクションを現実として受けとめるために、著者とその思索などは姿を消さねばならない。ところがムージルは、小説と読者のあいだに結ばれているこの古い契約を破棄したのです。そして彼とともに、他の小説家たちもそうしました。私たちはブロッホの最大の登場人物であるエッシュの身体的な外見について何を知っているか？　彼の歯が大きいという以外に何も知りません。私たちはKやシュヴェイクの幼年時代について何を知っているか？　またムージルも、ブロッホも、ゴンブロヴィッチもみずからの思索によって小説の中に登場するのになんの遠慮もしません。人物は生きている人間の幻影ではなく、想像上の存在、実験的な自我なのです。このようにして小説はその端緒との関係を取り戻します。ドン・キホーテは生きている存在とは半ば考えられません。けれども、私たちの記憶の中で、彼ほど生き生きした登場人物はいるでしょうか？　私の言うことをよく理解していただきたいのですが、小説の想像世界に心を奪われ、それをときどき現実と混同したいという、読者とその素朴でもあれば正当でもある願望をむげに扱うつもりはないのです。しかし私は、そのために心理的写実主義の技術が不可欠だとは思いません。私が初めて『城』を読んだのは十四歳のときでした。当時は近所に住んでいたアイスホッケーの選手に憧れていて、Kの顔がその選手に似ていると想像していたものです。それは現在にいたっても変わりません。このことで私が言いたいのは、読者の想像力が自動的に作者の想像力を補完するということです。トマーシュの髪はブロンドなのか褐色なのか？　彼の父親は裕福なのか貧乏なのか？　それはあなた自身で選んでくださいよ！

C・S　しかし、あなたは必ずしもその規則に従っているわけではありませんね。『存在の耐えられない軽さ』では、たしかにトマーシュには過去がありませんが、テレザについては彼女自身の幼年時代ばかりか、彼女の母親の幼年時代まで描かれているじゃないですか！

M・K　この小説の中には、こんな文句が見られるでしょう。「彼女の人生は母親の人生の延長でしかなかった。それはいくらか、ビリヤードの球の進路が突き手のおこなった動作の延長であるのと同じようなものだ」（同書第2部4）。したがって私が母親のことを語るのは、テレザに関する情報のリストを作り出すためではなく、母親が彼女の主要なテーマであって、テレザが「彼女の母親の延長」であり、そのことに苦しんでいるからなのです。私たちはまた、彼女はちいさな胸をし、「乳首のまわりの暈《かさ》が広すぎ、色が濃すぎて」いて、「まるで貧民相手に卑猥なイメージを作ってやる農村画家」によって描かれたようだということも知っています。このような情報が不可欠なのは、体がテレザのもう一つの大きなテーマだからです。逆に彼女の夫であるトマーシュに関して、私は彼の幼年時代についても、父親についても、母親についても、家族についても何一つ語っていません。そのため、彼の体も顔も私たちには何も知られないままです。それは彼の実存の問題体系の本質が別のテーマに根ざしているからです。このような情報がないからといって、彼が「生き生き」としなくなるわけではありません。というのも、人物を「生き生き」とさせるとは、彼の実存的な問題体系を突き詰めることだからです。これはいくつかの状況、いくつかのモチーフ、さらには彼がつくられているいくつかの言葉までも突き詰めることを意味し、それ以上ではありません。

C・S　とすれば、あなたの小説概念は実存についての詩的な瞑想と定義できそうですね。ですが、あなたの小説は必ずしもそのようには理解されていませんよ。みんながそこに社会学的、歴史的、イデオロギー的解釈を助長させる多くの政治的出来事を見ています。あなたはどのようにして、社会の歴史への関心と、小説は何よりもまず実存の謎の全体を検討すべきだという信念とを両立させておられるのですか？

M・K　ハイデガーはきわめて知られた文句、「世界-内-存在(in-der-Welt-sein)」によって実存を性格づけました。人間は主体が対象に、眼が絵画に関係づけられるように世界と関係づけられているのではない。俳優が舞台装置に関係づけられているようにでさえもない。人間と世界はかたつむりとその殻のように結びついているのであり、世界は人間の一部であり、人間の次元であって、世界が変わるにつれ、実存(in-der-Welt-sein)もまた変わるというものです。バルザック以来、私たちの存在の世界(Welt)は歴史的な性格をもち、人物たちの人生は日付のある時間の中で展開します。小説はもはやバルザックのこの遺産をけっして厄介払いできないでしょう。幻想的で、ありそうもない物語を書き、本当らしさの規則にことごとく違反するゴンブロヴィッチさえもそれから逃れられません。彼の小説には日付があり、完全に歴史的な時間の中に位置づけられています。しかし、次の二つのことを混同してはなりません。一方には人間存在の歴史的次元を検討する小説があり、他方には歴史的状況の例証、ある一定の時期の社会の描写、小説めかされた歴史物語があるということです。あなたはフランス革命、マリー＝アントワネット、あるいは一九一四年の戦争、ソ連における集産化（これに賛成であれ反対であれ）、一九八四年（ここではオーウェルの同名の小説に描かれた全体主義社会のこと）についで書かれたあれらの小説をすべてご存じでしょう。あれらはすべて、非小説的な認識を小説の言語に翻訳する通俗化の小説です。ところが、この私は、小説の唯一の存在理由はただ小説にしか言えないことを言うことだと、倦むことなく繰りかえす人間なのです。

C・S　しかし小説は〈歴史〉について何を特別に言うことができるのですか？　あるいは、あなたの〈歴史〉の扱い方とはどういうものなのでしょうか？

M・K　私のいくつかの原則とは次のようなものです。第一に、私はあらゆる歴史的状況をできるだけ簡潔に扱います。〈歴史〉にたいする私の態度は、筋の展開に不可欠ないくつかの道具だけで抽象的な舞台をしつらえる舞踏演出家の態度のようなものなのです。

第二の原則。様々な歴史的情況のうちで私が取りあげるのは、登場人物たちにとって何かを示唆する実存的状況を創りだす情況だけです。たとえば『冗談』では、ルドヴィークはじぶんの友人や大学の同級生たち全員が手を上げて、いとも容易《たやす》く彼の退学処分に賛成し、その結果彼の人生が大きく狂ってしまうのを見て、もし必要なら、彼らが同じような容易さで彼の絞首刑にも賛成投票するにちがいないと思う。そこから彼にとって人間の定義は、いかなる状況でも隣人を死に追いやることができる存在、となるわけです。したがって、ルドヴィークの根本的な人間学的経験には歴史的な根拠があるわけですが、〈歴史〉そのものの記述(〈党〉の役割、恐怖政治の政治的な根拠、社会制度の編成など)は私には興味がなく、小説の中にもそれは見られないでしょう。

第三の原則。歴史書は人間の歴史ではなく、社会の歴史を書きます。だからこそ、私の小説が語っている歴史的な出来事はしばしば歴史書では忘れられているのです。たとえば、一九六八年のロシアのチェコスロヴァキア侵攻後の数年間、国民にたいする恐怖政治に先立って、政府筋によって組織された犬の大量虐殺がありました。これは完全に忘れられたエピソードで、歴史家、政治学者にとっては何の重要性もないものですが、素晴らしい人間学的な意味合いがあることですよ！　ただこのエピソードだけで、私は『別れのワルツ』の歴史的雰囲気を暗示したのです。もう一つの例。『生は彼方に』の決定的な瞬間に、〈歴史〉が野暮で見苦しい猿股の形で介入します。当時は別のものがなかったのです。ヤロミールは人生でもっとも素晴らしい性愛の好機を前にしながら、猿股の姿が滑稽だと恐れて、服も脱げずに逃げ去ってしまいます。なんとも野暮な話でしょう！　これもまた忘れられていますが、共産主義体制下で生きるほかなかった者にとってはじつに重要な歴史的状況なのです。

　しかし、第四の原則はさらに重大な帰結を招くものです。歴史的な情況は小説の登場人物にとって新たな実存的状況を創りだすことになるばかりか、〈歴史〉それ自体が実存的状況として理解され、分析されねばなりません。たとえば『存在の耐えられない軽さ』の中で、アレクサンデル・ドゥプチェクがロシア軍によって逮捕され、誘拐され、投獄され、脅迫されてブレジネフとの交渉を強いられた後、プラハにもどってくる。彼はラジオで話しますが、話すことができずに肩で息をし、文言のあいだに恐ろしい間を置きました。この歴史的なエピソード（もっともこのことは完全に忘れられています。

というのも、この二時間後、ラジオ局の技術者は彼の痛ましい演説の間を削除せざるをえなかったからです）が私に明らかにしたのは、弱さということです。実存のきわめて一般的なカテゴリーとしての弱さです。「大きな力に直面したら、ドゥプチェクのように運動選手みたいな体格をしていても、だれだって同じように弱くなるものなのだ」。テレザはじぶんをむかつかせ、辱めるこの弱さの光景に耐えられず、亡命したほうがいいと思います。しかし、トマーシュの度重なる浮気を前にすると、彼女はブレジネフを前にしたドゥプチェクと同じように、無力で弱くなるわけです。さらに、あなたはすでに目眩とは何かを知っておられる。それは自分自身の弱さに酔い、落下したいという抗しきれない願望のことです。そこでテレザは突然こう理解します。「あたしもまた弱い人間、弱い人間の陣営、弱い人間の国の一部なんだから、弱い人間に忠実になるべきなんだ、彼らも弱く、文言の合間に肩で息をしていたんだから」〔同書第2部26〕。そして彼女は弱さに酔い、トマーシュのもとを去ってプラハに、「弱い人間たちの町」にもどります。ここでは歴史的な状況はたんなる背景、それを前にして人間的状況が展開する舞台装置ではなく、それ自体が一つの人間的状況、拡大された実存的状況になっています。

同じように『笑いと忘却の書』〔第一部「失われた手紙」〕では、〈プラハの春〉は政治・歴史・社会的な次元でなく、根本的な実存的状況の一つとして描かれています。つまり、人間(一世代の人間たち)が行動する(革命をおこなう)が、しかし彼の行動は彼の手を逃れ、彼には従わない(革命が猛威をふるい、暗殺し、破壊する)。そこで彼はじぶんに従わないその行動を取り返し、統御しようとする(この世代が改革的な反体制運動をおこす)が徒労に終わる。私たちは一度手を逃れた行為を取り返すことがけっしてできないのです。

C・S それはあなたが最初に話された『運命論者ジャック』の状況を思い出させますね。

M・K しかし今度の場合は、集団的、歴史的な状況です。

C・S あなたの小説を理解するには、チェコスロヴァキアの歴史を知っておく必要があるのでしょうか?

M・K いいえ、それについて知るべきことは、小説自身が語っています。

C・S 小説を読むには、あらかじめいかなる歴史的知識も必要がないということですね?

M・K ヨーロッパの歴史というものがあります。千年前から現在に至るまで、それは唯一の共通の冒険でした。私たちはその一部であり、個人的もしくは国民的な私たちのあらゆる行動の決定的な意味合いは、その歴史との関連で位置づけるのでなければ明らかになりません。私はスペインの歴史を知らなくても『ドン・キホーテ』を理解することはできますが、どれほど大摑みのものであれ、ヨーロッパの歴史的冒険、たとえば騎士道時代、宮廷愛、中世から近代への移行などについて何らかの概念がなければ、理解することはできません。

C・S　『生は彼方に』では、ヤロミールの人生のそれぞれの局面がランボー、キーツ、レールモントフらの伝記の断片と対比されています。プラハでのメーデーの行進は六八年五月のパリの学生デモと混ぜ合わされています。このことによってあなたは、自作の主人公のためにヨーロッパ全体を組み入れる大がかりな舞台を創りだされています。ところが、あなたの小説はプラハで展開し、一九四八年の共産党の軍事クーデターのときにクライマックスに達しますね。

M・K　私にとってあれは、あるがままのヨーロッパの革命を凝縮した小説ですよ。

C・S　あの軍事クーデターがヨーロッパの革命なんですか？　しかもモスクワから輸入されたあの軍事クーデターが？

M・K　いくら非本来的なものでも、あの軍事クーデターは一つの革命として経験されたのです。あのときの美辞麗句、幻想、行動、犯罪をそっくり含めて、あれは現在でもヨーロッパの革命的伝統のパロディー化された凝縮だったと私は思う。ヨーロッパの革命時代の延長であり、グロテスクな完成だったのだと。同じように、ヴィクトール・ユゴーやランボーの「延長」であるこの小説の主人公ヤロミールは、ヨーロッパ詩のグロテスクな完成です。『冗談』のヤロスラフは、民俗芸能が消滅しつつある時代における千年にわたるその歴史の延長です。『可笑しい愛』のハヴェル先生は、ドン・ファン主義がもはや可能でない時代におけるドン・ファンです。『存在の耐えられない軽さ』におけるフランツは、ヨーロッパ左翼の「大行進」の最後のメランコリックな谺《こだま》です。そしてボヘミアの片田舎にいるテレザはじぶんの国のあらゆる公的生活のみならず、「〈自然の支配者にして所有者〉たる人類が前進しつづけている道」から身を引きます〔同書第7部2〕。これらの人物たちはいずれも、それぞれの個人の歴史のみならず、さらにまたヨーロッパ的冒険の超個人的な歴史を完成しているのです。

C・S　それはあなたの小説がご自身で「最後の逆説の時代」と呼ばれる近代の最終行為の中に位置づけられるということですね。

M・K　そうかもしれません。ただ、一つの誤解を避けておきましょう。『可笑しい愛』のハヴェルの物語を書いたとき、私にはドン・ファン主義の冒険が終わりつつある時代のドン・ファンのことを語る意図はなく、ただじぶんに面白いと思われた話を書いただけなのです。最後の逆説云々の考察のすべては小説に先立っていたわけではなく、小説から派生したものなのです。人間は「自然の支配者にして所有者」というデカルトの有名な文句の行く末について私が考えたのは、『存在の耐えられない軽さ』を書きながら、いずれも何らかの形で世界から身を引く人物たちに触発されてのことでした。この「自然の支配者にして所有者」は科学や技術の分野でいくつも奇蹟を成し遂げたあと、突然みずからが何も所有しておらず、自然の支配者でもなく(自然は地球から徐々に退却していく)、〈歴史〉の支配者でもなく(歴史は人間の手を逃れていく)、じぶん自身の支配者でもない(人間はじぶんの心の不合理な力にみちびかれる)ことに気づいたのです。しかし、もし神が立ち去り、人間がもはや支配者でないとすれば、いったい誰が支配者なのか？　地球は支配者がいないまま虚空の中を進んでいる。それこそまさに存在の耐えられない軽さでしょう。

C・S　しかし、現代という時代に特権的な時期、あらゆる時期の中でももっとも重要な時期、つまり終わりの時期を見るというのは、自己中心的な幻想ではないですか？これまで何度ヨーロッパはみずからの終わり、終末を生きていると信じたことでしょう！

M・K　あらゆる最後の逆説に、もう一つ終末それ自体の逆説を付けくわえてください。ある現象がその近い消滅を遠くから告げている時、多くの人々はそれを知り、場合によっては、それを惜しみもします。しかし、その最期が終わりに達した時には、私たちはもう別な方向を見ています。死は目に見えなくなるのです。ずいぶん前から小川、ナイチンゲール、牧場を横切る小径などは人間の頭から消え去り、もはや誰ひとりそんなものを必要としていません。将来、地球から自然が消え去る時、誰がそんなことに気づくでしょうか？　今どこにオクタビオ・パス、ルネ・シャールの後継者がいるでしょうか？　まだどこに偉大な詩人がいるでしょうか？　彼らが消え去ったのか、あるいは彼らの声が聴きとれなくなったのか？　いずれにしろ、これはかつて詩人なくして考えられなかった私たちのヨーロッパにおいては途方もない変化です。しかし、もし人間が詩を必要としなくなったのだとすれば、果たしてその消滅に気づくことがあるでしょうか？　終末とは黙示録的な爆発ではありません。たぶん終末ほど平穏なものは何もないのです。

C・S　そうかもしれません。しかし、もし何かが終わりつつあるのだとすれば、別の何かが始まりつつあると想定することもできますね。

M・K　きっとそうでしょう。

C・S　しかし、何が始まっているのですか？　そのことについてはあなたの小説には何も見られません。そこから、こんな疑問が生じます。あなたは私たちの歴史的な状況の半面しか見ておられないのではないか？

M・K　そうかもしれませんが、それはさほど重大なことではありません。じっさい、小説とは何かをよく理解しておく必要があります。歴史家は過去に起こった出来事を物語ります。逆に、ラスコーリニコフの犯罪が実現したことはありません。小説は現実ではなく、実存を検討します。そして実存とは過去に起こったことではなく、人間の可能性の領域、人間がなりうることのすべて、人間に可能なことのすべてです。小説家はしかじかの人間の可能性を発見しながら、実存の地図を描くのです。もう一度言いますが、実存するとは〈世界-内-存在〉であることです。したがって、人物もその世界も可能性として理解する必要があるのです。カフカにおいては、それらのことすべてが明瞭です。

つまり、カフカ的世界は既知のどんな現実にも似ていず、人間世界の実現されていない極端な可能性だということです。たしかにその可能性が私たちの現実の世界の蔭に透けて見え、私たちの未来を予示しているようなのは事実です。だからこそ、カフカの予言的な側面といったことが語られもするのでしょう。しかし、たとえ彼の小説には何ら予言的なものがなかったとしても、それで価値が失われることはありません。なぜなら、それは一つの実存の可能性（人間およびその世界の可能性）を捉え、そのことによって私たちが何者であり、私たちにどんなことが可能なのか見せてくれるからです。

C・S　でも、あなたの小説はまったく現実の世界に位置づけられていますよ！

M・K　ヨーロッパの〈歴史〉の三十年を見わたす三部作、ブロッホの『夢遊の人々』を思い出してください。ブロッホにとって、この〈歴史〉は絶えざる価値崩壊の過程《プロセス》として明確に定義されています。人物たちはまるで籠の中に閉じこめられたようにこの過程の中に閉じこめられて、この共通の価値の漸進的な消滅に対応する振る舞い方を見つけねばなりません。もちろんブロッホは彼の歴史的な判断の正しさを確信しています。言い換えれば、じぶんが描く世界の可能性は現実化した可能性だと確信しています。しかし、彼が間違っていて、この崩壊の過程と並行して、別の過程、ブロッホが見ることができなかった積極的な展開が進行していたと想像してみましょう。かりにそうだとして、果たして『夢遊の人々』の価値の何かが変わるでしょうか？　何も変わりはしません。なぜなら、価値崩壊の過程は人間世界の議論の余地がない可能性だからです。この過程の渦巻きの中に投げこまれた人間を理解すること、その行為や態度を理解すること、ただそれだけが重要なのです。ブロッホは実存の未知の領域を発見しました。実存の領域とはすなわち実存の可能性ということに他なりません。その可能性が現実に変わるか否かということは、二次的なことです。

C・S　では、あなたの小説が位置づけられている最後の逆説の時代は現実ではなく、可能性と見なされるべきなのですか？

M・K　ヨーロッパの一つの可能性。ヨーロッパの可能なヴィジョン。人間の可能な状況です。

C・S　しかし、もしあなたが現実ではなく、一つの可能性として捉えようとされるのなら、たとえばプラハとか、向こうで起きたことについてあなたがあたえられるイメージを、いったいどうして真面目に受け取れるのでしょうか？

M・K　もし作者が歴史的な状況を、人間世界を明らかにする前代未聞の可能性とみなすなら、それをあるがままに描きたいと思うでしょう。だからといって、歴史的な現実への忠実さが小説の価値に比して二次的な問題だということに変わりはありません。小説家は歴史家でも予言者でもなく、実存の探求者なのですから。

第三部　『夢遊の人々』によって示唆された覚書

構　成

「パーゼノウ　またはロマン主義」「エッシュ　または無政府主義」「ユグノオ　または即物主義」の小説三部作。それぞれの小説の物語は一八八八年、一九〇三年、一九一八年と、先行小説の物語の十五年後に展開する。いずれの小説も他の小説と因果関係によっては結ばれず、それぞれの小説には固有の人物群がいて、他の二つの小説とは似ていない固有の仕方で構築されている。

たしかにパーゼノウ（最初の小説の主人公）とエッシュ（二作目の小説の主人公）が三作目の小説の舞台にふたたび姿を現わすし、ベルトラント（最初の小説の登場人物）が第二作目の小説で一定の役割を果たしはする。しかし、最初の小説でベルトラントが（パーゼノウ、ルツェーナ、エリーザベトらとともに）経験する物語は、二作目ではまったく語られず、三作目のパーゼノウは（最初の小説で扱われる）彼の青春時代の思い出をいささかも心に残していない。

だから、『夢遊の人々』と(プルースト、ムージル、トーマス・マンら)他の二十世紀の「大絵巻」とのあいだには根本的な違いがある。ブロッホにおいて全体の統一性を基礎づけるのは筋の継続性でも、(ある人物、ある家族の)伝記的な継続性でもない。それはより見えにくく、捉えがたく、隠された別のもの、つまり(価値崩壊の過程に直面した人間という)同じテーマの継続性なのだ。

可能性

世界がそうなったところの罠の中にいる人間の可能性とはどんなものか?

それに答えるにはまず、世界とは何かということについて一定の考えがなければならない。また、なにかしらの存在論的な仮定をもっていなければならない。

カフカによる世界とは官僚化された世界だが、それは他の多くの社会現象の中の一つではなく、世界の本質としての役所である。

難解なカフカと大衆的なハシェクとの類似性(奇妙で、意外な類似性)が見られるのはそこである。ハシェクは『兵士シュヴェイクの冒険』の中で軍隊を(写実主義者、社会批判者のように）オーストリア＝ハンガリー社会の一階層として描くのではなく、世界の現代的変形《ヴァージョン》として描く。カフカの裁判所と同じく、ハシェクの軍隊は官僚化された巨大な制度、そこでは（勇気、狡知、気転といった）古い軍人的な美徳がなんの役にも立たない軍隊＝官庁でしかない。

ハシェクの描く軍官僚は愚か者たちだが、カフカの描く官僚たちの衒学的だが馬鹿馬鹿しい論理にもなんの知恵もない。カフカにあっては、愚行は神秘のマントをまとっているので、形而上的な寓意の観を呈し、相手を怯ませる。ヨーゼフ・Kは役人たちの術策や訳の分からない言葉の中に、是が非でもなんらかの意味を解明しようとする。というのも、死刑に処されるのは恐ろしいことだが、なんの理由もなく、無意味な犠牲者として死刑宣告をされるのはまったく耐えがたいことだからだ。そこでKはみずからの有罪に同意し、じぶんの過失をさがそうとする。最後の章においてKは、みずからの二人の死刑執行人を（彼を助けられたかもしれない）町の警官たちの眼差しから守ろうとし、死の数秒前に、みずから首を掻き切り、彼らに汚らわしい仕事を免除させてやれなかったことでじぶんを責める。

シュヴェイクはKとは正反対の人物であり、じぶんを取り巻く世界（愚行の世界）を、彼が痴れ者なのか否か誰も分からないくらい徹底したやり方で模倣する。彼がいとも容易《たやす》く(しかもなんとも楽しそうに!)支配的な秩序に適合するのは、そこに一つの意味を見つけるからでなく、まったく意味が見出せないからだ。彼はみずから愉しみ、ひとを愉しませ、順応主義をエスカレートさせることで、世界を唯一の巨大な悪ふざけに変えてしまう。

(現代社会の全体主義的、共産主義的変形《ヴァージョン》を体験した私たちは、一見してわざとらしく、文学的で、極端なこの二つの態度が現実的すぎるほど現実的だということを知っている。私たちは、一方ではKの可能性によって、他方ではシュヴェイクの可能性によって限定された空間で生活したのだ。すなわち、一方の極は犠牲者がみずからの死刑執行人と連帯するまでにいたる権力との自己同一化であり、他方の極は何であれ何かを真に受けることを拒否する権力の否認の間ということだ。さらに、絶対的な真面目さ—K—と絶対的な不真面目さ—シュヴェイク—にはさまれた世界で生きたということだ。)では、ブロッホのほうはどうなのか? 彼の存在論的な仮定とはいかなるものか?

世界は諸価値(中世から発生する諸価値)の崩壊の過程、この崩壊が近代の四世紀に波及し、その本質になっている過程だという仮定である。

このような過程に直面した人間の可能性とはいかなるものか?

ブロッホは三つの可能性をみつける。可能性パーゼノウ、可能性エッシュ、可能性ユグノオ。

可能性パーゼノウ

ヨアヒム・パーゼノウの兄は決闘で死ぬ。彼の父親は、「あいつは名誉のために斃《たお》れたのだ」と言う。この言葉がずっとヨアヒムの記憶に刻まれている。

しかし、彼の友人のベルトラントは驚く。今や汽車や工場の時代だというのに、いったいどうしてふたりの男が身を固くし、ピストルを手に腕を差しだして向かい合うことができるのか?

これに関してヨアヒムはこう思う。ベルトラントはおよそ名誉の感情をもっていないのだと。

ベルトラントは続ける。感情は時代の変遷に逆らうもので、それが保守主義の破壊しがたい基盤となっている。これは遺伝的残滓とでも言うべきものだ。

そう、受け継がれた様々な価値、その遺伝子的残滓にたいする感情的な愛着こそヨアヒム・パーゼノウの態度なのだ。

パーゼノウは制服のモチーフによって導入される。話者はこう説明する。かつては〈教会〉が「最高審判者」として人間を支配していた。聖職者の衣服は地上を超える権力の表象であるのにたいして、士官の軍服や司法官の法衣は世俗的なものを表していた。〈教会〉の魔術的な影響力が薄れるにつれ、軍服が司祭服に取って代わり、絶対の次元にまで高められた。

制服は私たちが選ぶものではなく、私たちにあてがわれるものであり、それは個別的なものの不確実さにたいする普遍的なものの確実さだ。かつてはじつに確固としたものだった諸価値が疑問に付され、頭を垂れて遠ざかるとき、それらの価値(忠誠、家族、祖国、規律、愛情)なしに生きられない者は、最後のボタン一つにいたるまでみずからの制服という普遍性をきっちり身につける。まるで、その制服がまだ、もはや何も尊重すべきものがなくなる未来の冷たさから守ってくれる超越性の最後の名残であるかのように。

パーゼノウの物語は彼の新婚の夜にクライマックスに達する。彼の妻エリーザベトは彼を愛していない。彼の前途に見えるのは愛が不在の未来だけだ。彼は服を脱がずに彼女の傍らに身を横たえる。「彼の軍服の上衣はややめくれ、開いた折り返しのあいだから黒いズボンが見えた。ヨアヒムはそれに気づくと、慌ててきちんと直し、ズボンのその場所を隠した。そして今度は両脚を上に持ち上げるようにして、エナメル靴がシーツに触らないようにと、足先を心もち突っ張り、やっとのことでベッドのそばの椅子の上に乗せた」(菊盛英夫訳)。

可能性エッシュ

〈教会〉が人間を全面的に支配していた時代に由来する諸価値は久しい以前から揺らいでいたが、パーゼノウにとってその内容はまだ明白なものだった。彼は祖国が何であるかということに疑いをもたず、じぶんが誰に忠誠をつくすべきか、誰がじぶんの神であるか知っていた。

エッシュの眼前には、諸価値はヴェールで隠されてしまっている。秩序、忠誠、犠牲などの言葉に馴染みはあったが、じっさいそれは何を表しているのか？　何のために自らない。

己を犠牲にするのか？　どんな秩序を要求すべきか？　彼にはそんなことはまるで分か
もしある価値が具体的な内容を失ってしまったなら、その何が残るのか？　空虚な形式以外の何ものでもない。それは応答のない絶対命令となるが、この絶対命令は応答がないだけにそれだけますます激しく、聞かれ従われることを求める。エッシュにはじぶんが欲していることが分からなければ分からないほど、ますます狂おしくそれを知ろうとする。

エッシュは神なき時代の狂信を体現している。あらゆる価値がその顔をヴェールで隠されてしまっているのだから、何もかもが一つの価値とみなされうる。正義、秩序、エッシュはそれを一度は組合闘争のうちに、別の機会には宗教のうちにさがし、今では警察権力のうちにさがすが、いずれは移住を夢みているアメリカの幻影のうちにさがすことになるだろう。彼はテロリストになれるが、仲間を密告する後悔したテロリストにも、党の闘士にも、セクトの一員にも、じぶんの命を犠牲にする自爆テロ犯人にもなれるかもしれない。今世紀の血腥《ちなまぐさ》い〈歴史〉において猛威をふるうあらゆる情念が、彼の慎ましい冒険の中で暴露され、診断され、容赦なく解明されているのだ。

彼は会社で不満があり、喧嘩して、解雇される。そのようにして彼の物語が始まる。彼によれば、じぶんを苛立たせる混乱のすべての原因は会計責任者のネントヴィヒだという。ところが、なぜまさにこの人物なのかはまったく分からないのだ。それでもエッシュは彼を警察に密告してやろうと決心している。これはじぶんの義務ではないか？こうすれば、じぶんと同じように正義と秩序を願う者たち全員に奉仕することになるのではないか？

しかしある日、何も知らないネントヴィヒはあるキャバレーで愛想よくエッシュをじぶんのテーブルに招き、一杯おごる。エッシュは当惑し、ネントヴィヒの不正が何だったか思い出そうとするが、その不正は「今やひどく奇妙なことにもつかみどころがなく、曖昧なものになっていたので、エッシュはじぶんの考えが無意味なことにすぐ気づいた。いくぶん不様に、恥ずかしそうに彼はワイングラスに手を差しのべた」。

エッシュの眼前では、世界は〈善〉の王国と〈悪〉の王国が分けられているが、残念なことに、〈善〉も〈悪〉も同じように識別しがたい（エッシュはネントヴィヒと出会うだけで、もう誰が善良で、誰が邪悪なのか分からなくなってしまうのだ）。

世界というこの仮面のカーニヴァルにおいて、ただベルトラントだけが最後まで〈悪〉

の烙印を顔に帯びている。なぜなら、彼は同性愛者であり、神の秩序の攪乱者だからだ。小説の最初のエッシュはネントヴィヒを告発しようとしているが、最後にはベルトラントにたいする告発状を投函することになる。

可能性ユグノオ

エッシュはベルトラントを告発したが、ユグノオはエッシュを告発する。エッシュはそのことによって世界を救おうとしたのだが、ユグノオはじぶんの経歴を救おうとする。共通の価値のない世界の中で、無邪気な出世主義者ユグノオはじぶんが素晴らしく気楽なのを感じる。道徳的な絶対命令の不在は彼の自由であり、解放なのだ。ほかならぬ彼がエッシュを、それも何の罪の意識もなく暗殺するという事実には深い意味がある。なぜなら、「より小さな価値結合体に属する人間が、より大きいが解体しつつある価値結合体に属する人間を殺害し、つねに最も惨めな者が価値崩壊の過程で死刑執行人の役割を引き受ける。そして、最後の審判のファンファーレが鳴りわたる日に、おのれに見切りをつけた世界の死刑執行人になるのは、価値から解放された人間なのだから」。

ブロッホの考えでは、近代とは非合理的な信仰の支配から信仰なき世界における非合理的なものの支配に通じる橋のことである。その橋のたもとに横顔を見せている人間がユグノオなのだ。罪障感をもたせることができない幸福な暗殺者。満足しきった形態での近代の終焉。

K、シュヴェイク、パーゼノウ、エッシュ、ユグノオ。これが五つの根本的な可能性、それがなければ私たちの時代の実存的な地図を描けないと私には思える五つの定位点である。

諸世紀の天空のもとに

近代の天空をめぐっている星々はつねに特別な星座となって、個々人の心に反映する。人物の状況、彼の存在の意味はそのような星座によって決定される。

ブロッホはエッシュのことを語りながら、突如彼をルターと比較する。このふたりともが反逆者のカテゴリーに属しているのだ、と(ブロッホはこのことを長々と分析している)。「エッシュはルターがそうであったように反逆者である」。ひとはある人物の根源をその幼年時代にさがす習慣があるが、エッシュ(その幼年時代はずっと私たちには知らされない)の根源は別の世紀にある。エッシュの過去はルターなのだ。

ブロッホはパーゼノウ、あの制服の男を把握するために、世俗の制服が聖職者の法衣に取って代わる長い歴史的過程の中に位置づけねばならなかった。すると一挙に、この哀れな士官の上に、近代の広々とした天空が明るく開けてきた。

ブロッホにおいて、人物は束の間の真似のしがたい唯一性、あらかじめ消え去ることを運命づけられている奇跡的な一瞬ではなく、時間の上に架けられた強固な橋——そこではルターとエッシュ、過去と未来が出会う橋——として構想されている。

ブロッホが『夢遊の人々』の中で小説の未来の可能性を先取りしているように思えるのは、その「歴史哲学」というよりは、(諸世紀の天空のもとに人間を見る)このような新しい人間の見方によってだ。

私はこのブロッホ的な観点から、トーマス・マンの『ファウスト博士』、すなわちアードリヤーン・レーヴァーキューンという名前の作曲家の生涯のみならず、数世紀にわたるドイツ音楽を検討する小説を読む。アードリヤーンはたんなる作曲家ではなく、音楽の歴史を完結させる作曲家だ(ちなみに、彼の最高の作品は『黙示録』という題名だ)。しかも彼は最後の作曲家であるだけではなく、ファウストでもある。トーマス・マンは自国民の悪魔崇拝を見すえながら(彼はこの小説を第二次世界大戦の終わり頃に書いている)、ドイツ精神の化身である神話的な人間が悪魔と取り交わした契約のことを考えている。すると突然、彼の国の歴史がそっくりただひとりの人物、ただひとりファウストの唯一の冒険として現れてくるのである。

私はまたブロッホ的な観点から、カルロス・フエンテスの『テラ・ノストラ(我らが大地)』を読む。ここにはスペインの(ヨーロッパとアメリカにおける)壮大な冒険が、信じがたいほどの激突、信じがたいほどの夢幻的な歪曲の中で捉えられる。ブロッホの原則「エッシュはルターのようだ」は、フエンテスにあってはよりラディカルな原則「エッシュはルターだ」に変わってしまう。フエンテスは彼の方法の鍵を、「ただひとりの人物をつくるにはいくつもの人生が必要だ」と教えてくれる。転生という古い神話が小説技法として具体化され、これが『テラ・ノストラ』を〈歴史〉がつくられ、たえず転生する同じ人物たちによって踏破される広大で奇怪な夢にする。それまで知られていなかった大陸をメキシコに発見した同じルドヴィコが、二世紀前にフェリペ二世の愛人だったセレスティーヌという同じ女性を伴って、数世紀後のパリに姿を現す等々。

過去の時間が突如、一つの全体として明らかにされ、輝かしく明確で完結した形を見せるのは終焉(愛の終焉、人生の終焉、時代の終焉)の時だ。ブロッホにとって終焉の時はユグノオであり、マンにとってはヒトラーだが、フエンテスにとっては二千年の神話的境界である。この想像的な観測所から見れば、〈歴史〉、あのヨーロッパ的な異常、無垢な時間につけられたあの汚れなどはすでに終了し、打ち捨てられ、寄る辺のないものとして現れ、一挙に慎ましやかなもの、明日になれば忘れられる、しがない個人の物語と同じほど感動的なものになるのである。

じっさい、もしルターがエッシュだとすれば、ルターからエッシュに至る歴史はただひとりの人物、マルチン・ルター＝エッシュの伝記でしかなくなる。そして、〈歴史〉はそっくり、ヨーロッパの数世紀をいっしょになって横切った(ファウスト、ドン・ファン、ドン・キホーテ、エッシュなど)何人かの人物の物語にすぎなくなるのだ。

因果関係の彼方に

レーヴィンの領地で、わびしく孤独をかこっている男女が出会う。ふたりは互いに惹かれ合い、秘かに生活をともにしたいと願っていて、ほんの片時でもふたりきりになり、そのことを伝え合う機会をひたすら待っている。ある日とうとう、ふたりは茸狩りに行った森の中で、第三者がいない、ふたりきりの状態になる。やっと好機が訪れ、この好機を逃してはならないことを知りながら、ふたりは心が乱れ、黙り込む。もうずっと前から沈黙が続いているのに、女は突然「みずからの意志に反して、不意に」茸のことを話しだす。それからさらに沈黙があり、男は告白の言葉をさがすが、愛のことを話すのではなく、「思いがけない衝動に駆られて」、やはり……茸のことを話してしまう。帰り道についても、ふたりは無力で絶望の気持ちを抱きながらも、あいかわらず茸の話をしている。というのも、ふたりとも相手に愛を口にすることはけっしてないのが分かっているからだ。

帰宅した男は、じぶんが愛のことを話せなかったのは、死んだ恋人の思い出を裏切ることができないからだと思う。しかし私たちには、それが偽りの理由であり、そんなことを持ちだすのはただじぶんを慰めるためだけだということがよく分かっている。じぶんを慰める？　そうだ。というのも、ひとはなんらかの理由があって愛を失うことを甘受するとしても、なんの理由もなしに愛を失うことをけっしてじぶんに許せないからだ。このとても美しい小エピソードは『アンナ・カレーニナ』〔第六篇五〕のもっとも偉大な功績の一つだ。つまり、人間の行為の非因果的な、計算できない、さらには神秘的な側面を明らかにしたということである。

行為とは何か？　これは小説の永遠の問い、いわば小説の本質を成す問いである。ある決断がどのように生まれるのか？　ある決断がどのように行為に変わり、それらの行為がどのように繋がって冒険になるのか？

昔の小説家たちは人生という混沌として繋がりのない素材から、清透な合理性の糸を引き出そうと努めた。彼らの視点からすれば、合理的に把握できる動機から行為が生まれ、この行為が別の行為を引き起こす。冒険とは様々な行為の明瞭な因果的連鎖なのだ。

ヴェルテル〔ゲーテ『若きヴェルテルの悩み』の主人公〕は親友の妻を愛している。彼は親友を裏切ることができないが、みずからの愛を断念することもできない。したがって自殺する。この自殺は数学の方程式のように明快だ。

しかしアンナ・カレーニナはなぜ自殺するのか？

愛の代わりに茸の話をした男は、それは死んだ最愛の女性にたいする愛着のせいだと信じこみたがっていた。アンナの行為に私たちが見つけられる理由も同じような価値のものだろう。たしかに人々が彼女にたいして軽蔑を見せるとしても、彼女のほうは彼らを軽蔑することができなかったのだろうか？　彼女は息子に会いに行けなくなるが、それは取りかえしがつかず、出口のない状況だったのだろうか？　ウロンスキーはすでにいささか幻滅してはいても、それでも依然として彼女を愛していたのではなかったろうか？

それにアンナは、自殺するために駅に来たのではなかった。彼女はウロンスキーを迎えにきたのだった。彼女は列車の下に身を投げだすが、そうしようと決意したわけではなかった。むしろ決意のほうがアンナを捉えた、アンナを不意打ちしたと言うべきなのだ。愛の代わりに茸の話をした男と同じように、アンナは「思いもかけない衝動に駆られて」行動する。これは彼女の行為には意味がないということではない。ただ、この意味は合理的に把握できる因果律の彼方にあるというだけなのだ。アンナの自殺までの心の歩みを読者に理解させるために、トルストイは(小説史上初めて)ほとんどジョイス的な内的モノローグを使って、捉えどころのない衝動、束の間の感情、断片的な考察などの精緻な連続を復元しようとしたにちがいない。

アンナとともに、私たちはヴェルテルから遠く、ドストエフスキーのキリーロフ(『悪霊』の登場人物)からも遠いところにいる。キリーロフが自殺するのは、まったく明快に定義された利害、明瞭に描かれる筋立てなどによってその結末に追いこまれるからだ。どれほど狂気じみたものであれ、彼の行為は理性的、意識的であり、熟考に熟考を重ねた結果である。キリーロフの性格は彼の奇怪な自殺哲学に基づいたものであり、彼の行為は彼の思想の完全に論理的な延長に他ならない。

ドストエフスキーは、頑固にその論理の果てまで行きつこうとする理性の狂気を捉えるが、トルストイが探索した領野はその対極にある。彼は非論理的なもの、非理性的なものの介入を暴きだすのだ。だからこそ私はトルストイのことを話したのであり、彼のことを参照すれば、ブロッホはヨーロッパ小説の壮大な探求の一つ、すなわち私たちの決意、私たちの人生において非理性的なものが果たす役割の探求というコンテクストの中に位置づけられるのである。

混同

パーゼノウはルツェーナという名のチェコの娼婦と付き合っているが、彼の両親は自分たちと同じ階層の娘エリーザベトと彼の結婚を準備している。パーゼノウはちっともエリーザベトを愛していないのに、彼女に惹かれる。じつを言えば、彼を惹きつけるのはエリーザベトではなく、彼女が体現しているすべてなのである。

彼が初めて彼女を訪ねたとき、彼女が住んでいる界隈の街路、庭園、家々には「孤島のような大きな安らぎ」がみなぎっている。エリーザベト一家は「友情を後ろ盾とした安らぎと優しさにみちた」幸福そうな雰囲気で彼を迎えてくれる。この友情はいつの日か「愛情に変わり」、「その愛情はいつの日か友情となって消えるだろう」。パーゼノウが願っている価値（一家の友愛にあふれる安らぎ）は、彼が（みずから知らないうちに、そしてみずからの性質に反して）その価値をもたらしてくれるはずの女性に会う前に、もう姿を見せているのだ。

彼は故郷の村の教会の中に座り、眼を閉じて、銀色の雲の上にいる聖家族、中央に得も言われぬほど美しい聖母マリアがいる聖家族を想像する。子供の頃、彼はすでにこの同じ教会で、同じ姿を思い浮かべながら興奮していた。当時の彼は父親の農園で働いていたポーランド人の女中を愛していて、夢想の中でこの女中を聖母マリアと混同し、じぶんが美しいこの膝、女中となった聖母マリアの膝の上にいると想像していたのだった。その日、彼が眼を閉じていると、ふたたび聖母マリアが見えてくるが、突然、彼女の髪がブロンドだと気づく！　そう、マリアはエリーザベトの髪をしているのだ！　彼は不意をつかれ、動揺する！　この夢想を介して、神みずから、彼が愛していないエリーザベトこそ実際に真の、唯一の愛の対象だと知らしめているように思われてくるのだ。

非合理的な論理は混同の機制に基づいている。パーゼノウは貧弱な現実感覚の持ち主であり、様々な出来事の原因が分からない。彼はけっして他者の眼差しの下に隠されているものを知ることはないだろう。とはいえ、いくら隠され、識別できず、非-因果的なものでも、外部の世界は沈黙しているのではなく、彼に語りかけてくる。まるでボードレールの有名な詩「万物照応《コレスポンダンス》」におけるように、「長いこだまが響きかわして」、「香りと色と音とが互いに応え合っている」のだ。あるものが別のものに近づき、それと混同され（エリーザベトが聖母と混同され）て、その類似関係によって説明されるのである。

エッシュは絶対を愛し、「ひとは一度しか愛せない」というのが彼のモットーである。ヘンティエンおかみが彼を愛しているからには、（エッシュの論理によれば）死んだ彼女の最初の夫を愛することができなかった。だから、彼女の夫は彼女を弄んだのであり、ただの卑劣漢でしかありえなかったことになる。ベルトラントと同じような卑劣漢だったのだ。というのも、悪の代理人は交換可能で、混同されるのであって、いずれも同じ本質の様々な顕れにすぎないからだ。直ちにベルトラントを警察に密告しに行こうという考えが浮かぶのは、エッシュが壁にかかったヘンティエン氏の肖像を一瞥するときなのである。というのも、エッシュがベルトラントを打ち倒すのは、ヘンティエンおかみの最初の夫を打ちのめすようなものであり、私たち全員から、共通の悪のささやかな一部分を取り除くようなものだからなのだ。

象徴の森

パーゼノウ、ルツェーナ、エッシュらの決断が基づいている、隠された内密の秩序を見きわめるためには、『夢遊の人々』を注意深く、ゆっくりと読み、非論理的だが理解しうる様々な行動に注目しなければならない。これらの人物たちは現実を具体的なものとして直視することができず、彼らの眼前では、（エリーザベトが家族的な安寧の象徴、ベルトラントが地獄の象徴といったように）あらゆるものが象徴に変わってしまう。だから、彼らが現実に働きかけていると思っているときに反応しているのは象徴にたいしてなのだ。

個人的なものであれ集団的なものであれ、あらゆる行動の基になっているのが混同のシステム、象徴的思考のシステムだと、ブロッホは私たちに理解させる。この非合理的なシステムが理性による考察よりもどれだけ私たちの態度を変えるものか見るには、私たち自身の生活を検討するだけで充分だ。たとえば、水族館の魚に夢中になっているある男が、かつて私に手ひどい不幸をもたらし、今なお乗り越えがたい不信を私の心に引きおこす別の男のことを思い出させる、といったように……。

私は日々路上でおこなわれている大量虐殺、ガンにもエイズにも似ておらず、恐ろしくもあれば平凡でもあるあの死のことを考える。というのも、その死は自然ではなく、人間の仕業なのであり、半ば意志的なものだからだ。この死はどうして私たちを愕然とさせないのか？　どうして私たちの生活を動転させ、大規模な改革を促さないのか？　いや、この死は私たちを愕然とさせない。というのも、私たちはパーゼノウと同じように、貧弱な現実感覚の持ち主だからであり、象徴の超-現実的な領域においては事実上、美しい車の下に隠されたこの死が生を表象しているからなのだ。エリーザベトが聖母と混同されるように、この死も明るく現代的なもの、自由、冒険などと混同される。死刑囚の死はこれよりずっと稀であるにもかかわらず、はるかに私たちの注意を惹きつけ、私たちの情念を呼びさます。この死は死刑執行者のイメージと混同され、別の意味でさらに強烈、さらに暗く、許しがたい象徴的な電圧《ヴォルテージ》を帯びてくる……等々。

もう一度ボードレールの詩を引けば、人間は「象徴の森」の中で迷っている子供だ。(成熟の基準とは、象徴に抵抗する能力に他ならない。しかし、人類はますます幼稚になっていく。)

多歴史主義《ポリイストリスム》

ブロッホは自作の小説について語り、「心理」小説の美学を拒否し、これを彼が「認識形而上学的」もしくは「多歴史主義的《ポリイストリック》」と呼ぶ小説に対置している。このうちとくに後者はよく選ばれたものではなく、私たちを誤らせるように思われる。言葉の正確な意味で「多歴史主義的小説」を創りだしたのはブロッホの同時代人でオーストリアの散文の創始者であるアーダルベルト・シュティフターであり、彼が一八五七年(そう、あの

『ボヴァリー夫人』が出版された特筆すべき年）に刊行した小説『晩夏』（仏題は『サン・マルタンの夏』）によってである。ちなみにこの小説は有名であり、ニーチェはこれをドイツ語散文の四大傑作に数えている。ただ私にはこれはほとんど読むにたえない。私たちはここで地質学、植物学、動物学、あらゆる職人仕事、絵画、建築などについて多くのことを学ぶが、人間と人間の状況のことはそっくりこの巨大な教化的百科全書の枠外に置かれている。この小説はまさしくその「多歴史主義」のために小説の特性を損ねているのである。

ところが、ブロッホの場合はこれとは違う。彼は「ただ小説だけが発見できるもの」を追求する。しかし彼は、（もっぱら一人物の冒険に基づき、その冒険の語りだけで満足する）型通りの形式が小説を限定し、その認識能力を減少させることを知っている。また、小説には並外れた統合力があることも知っている。すなわち、詩や哲学が小説を統合できないのに反して、小説は詩も哲学も統合できる。それでいてまさしく他の諸ジャンルを包括し、哲学的および科学的な知を吸収する活力によって特徴づけられるおのれの同一性をなんら失わないということだ（これにはラブレーとセルバンテスを思い出すだけで充分だろう）。したがって、ブロッホの観点からすれば、「多歴史主義《ポリイストリック》」という言葉は次のことを意味する。すなわち、「ただ小説だけが発見できるもの」、つまり人間の存在を解明するために、あらゆる知的な方法とあらゆる詩的な形式を動員するということだ。

もちろん、このことは小説の形式に根底的な変化をもたらさざるをえない。

未完成のもの

以下はきわめて個人的な考察だが、統合的な傾向と形式の変化が徹底的に追求されている『夢遊の人々』の最後の小説『ユグノオ または即物主義』は、感嘆が入りまじった快楽とは別に、私にいくらか不満をあたえる。

——「多歴史主義的《ポリイストリック》」意図には省略の技法が求められるが、ブロッホはまったくそれを見つけていない。そこで構成の明確さが欠けることになる。

——(詩、物語、アフォリズム、ルポルタージュ、エッセーなどの)様々な要素が真の「多声的《ポリフォニック》」な統一性として接合されず、むしろ並置されている。

——価値崩壊に関する優れたエッセーは、小説の真実、要約、主張として容易に理解できるが、その結果として小説空間に不可欠な相対性を損ねかねない。

あらゆる偉大な作品には(そしてまさしくそれが偉大な作品だからこそ)未完成な部分がある。ブロッホは彼が達成したすべてのものだけではなく、目指したが到達できなかったすべてのものによっても私たちの創作意欲を掻きたてる。彼の作品の未完成の部分は私たちを次のような探求に誘うのだ。(1)徹底した簡略化の技法(このおかげで構築的な明瞭さを失わずに現代世界における実存の複雑性を見わたすことができる)。(2)小説的な対位法の技法(これによって哲学、物語、夢が唯一の音楽に接合できる)。(3)小説に特有のエッセーの技法(すなわち明白なメッセージをもたらそうとするのではなく、あくまで仮説的、遊戯的、イロニー的なものとしてとどまるエッセーの技法)である。

様々なモダニズム

二十世紀のすべての偉大な小説家のうち、ブロッホはおそらくもっとも知られていないが、これは理解できないことではない。彼が『夢遊の人々』を完成すると間もなく、ヒトラーが権力を握ることになり、ドイツの文化生活は消滅した。その五年後、彼はオーストリアを去ってアメリカに移住し、死ぬまでその地にとどまった。このような条件にあって、本来の読者を奪われ、正常な文学界との接触を奪われた彼の作品はもはや、その時代で固有の役割、つまり作品のまわりに読者、支持者、玄人の共同体を結集し、一流派を結成し、他の作家たちに影響をあたえることはできなかった。ムージルとゴンブロヴィッチの作品と同様、彼の作品はきわめて遅れて(しかも作者の死後に)、ブロッホ自身と同じように新しい形式への情熱にとりつかれた、換言すれば「モダニスト的」指向をもつ者たちによって発見(再発見)された。しかし、これらの者たちのモダニズムはブロッホのものとは似ていなかった。それはブロッホのモダニズムが遅れていたからでなく、ずっと先を行っていたからで、その根拠、現代世界にたいする態度、美学によって違っていた。この違いはある種の困惑をもたらした。つまりブロッホは(ムージルやゴンブロヴィッチと同様)ひとりの偉大な革新者と目されたものの、二十世紀後半では、モダニズムの一般的で型通りのイメージには対応していなかったのだ(というのも、モダニズムの一コード化された規範のモダニズム、いわば正規の学問的なモダニズムを考慮に入れねばならないからだ)。

この正規の学問的なモダニズムは、たとえば小説形式の解体を求めるが、ブロッホの観点からすれば、小説形式の可能性は枯渇したどころではないのである。正規の学問的なモダニズムは小説が登場人物という技巧を厄介払いすることを望む。登場人物とはとどのつまり、作者の顔を隠す無益な仮面だというのだが、ブロッホの登場人物に作者の顔は検出できない。正規の学問的なモダニズムは全体性という概念を追い払うが、ブロッホは逆に、この同じ言葉を好んで使い、たとえばこんなふうに言う。過度な労働分化と極度の専門化の時代にあって、小説は人間がまだ総体としての生との関係を保ちうる最後の場の一つだ、と。

正規の学問的なモダニズムによれば、「現代の」小説は越えがたい境界線によって「伝統的な」小説と区別されるのだという(この「伝統的な小説」とは小説の四世紀のあらゆる段階を雑然と寄せ集めた屑籠に他ならない)。ブロッホの観点からすれば、現代小説はセルバンテス以来のすべての小説家たちが参加したのと同じ探求を継続するものなのだ。

正規の学問的なモダニズムの背後には、終末論的な信仰の、このような素朴な残滓がある。つまり、一つの〈歴史〉が終わると、全面的に新しい基盤に基づいた別の（よりよい）〈歴史〉が始まるという信仰だ。ブロッホには、芸術、特に小説の進展に根強く敵対する状況の中で終わる〈歴史〉にたいする、憂鬱な自覚がある。

第四部　構成の技法についての対談

クリスティアン・サルモン（以下C・Sと略す）　この対談をヘルマン・ブロッホに関するあなたのテクストの引用から始めましょう。あなたはこう言われる。「あらゆる偉大な作品には（そしてまさしくそれが偉大な作品だからこそ）未完成の部分がある。ブロッホは彼が達成したすべてのものだけではなく、目指したが到達できなかったすべてのものによっても私たちの創作意欲を掻きたてる。彼の作品の未完成な部分は私たちを次のような探求に誘うのだ。（1）徹底した簡略化の技法（このおかげで構築的な明瞭さを失わずに現代世界における実存の複雑性を見わたすことができる）。（2）小説的な対位法の技法（これによって哲学、物語、夢が唯一の音楽に接合できる）。（3）小説に特有のエッセーの技法（すなわち明白なメッセージをもたらそうとするのではなく、あくまで仮説的、遊戯的、イロニー的なものとしてとどまるエッセーの技法）である」。この三点のなかにご自身の芸術的な方針が見られます。まず、第一の点、徹底した簡略化のことから始めましょうか。

ミラン・クンデラ（以下M・Kと略す）　現代社会の実存の複雑性を把握するためには、省略、凝縮の技法が要求されると思われます。そうしないと、際限もない長さの罠に陥ってしまうでしょう。『特性のない男』は私がもっとも好きな二、三の小説の一つですが、終わりのないあの広大な広がりに感心せよなどとは言わないでください。あまりに巨大なので、一望のもとに全容を収めることができない城を想像してください。九時間もつづく四重奏を想像してください。超えてはならない人類学的限界というものがあり、たとえば記憶の限界がそうです。本を読み終わるとき、読者はまだ出だしを思いだすことができなければなりません。そうでなければ、小説は形を失い、その「構成の明確さ」が霞んでしまいます。

C・S 『笑いと忘却の書』は七部から成っています。もしあなたがもっと省略的でない仕方でこれを扱われていたら、七つの異なった長編小説を書けたかもしれませんね。

M・K もし私が七つの独立した小説を書いていたら、一冊の本の中で「現代世界の実存の複雑性」を把握することなど望むべくもなかったでしょう。したがって、省略の技法は必然だと思えます。それには、つねに事物の核心に直接向かうことが要求されます。この意味で私は、子供の頃から熱愛して来た作曲家、レオシュ・ヤナーチェクのことを考えます。彼は現代音楽の偉人のひとりで、シェーンベルクやストラヴィンスキーがまだフルオーケストラのために作曲していた時期に、もうすでにオーケストラ用の楽譜は無益な音符の重みで潰れてしまうことに気づいていました。彼の反抗は簡略化の意志によって始まったのです。ご存じのように、どんな作曲にもたくさんの技術があります。主題の提示、展開、変奏、しばしばきわめて機械的になりがちなポリフォニー的な仕上げ、管弦楽法的な補充、移行部などです。こんにちではコンピューターで音楽を作ることができますが、コンピューターはつねに作曲家の頭の中にありました。彼らは極端な場合には独創的な楽想が一つもなくても、ただ作曲の規則を「サイバネティックス的に」展開するだけで、一つのソナタを書くこともできるのです。ヤナーチェクの至上命題は、コンピューターを破壊せよ！ということでした。移行部の代わりに思いきった並置、変奏の代わりに反復といった具合に、つねに事物の核心に向かうこと。なにか本質的なことを言う音だけが存在する権利をもつということ。小説についても、ほぼ同じことが言えます。なぜなら、小説にもまた「技術」、作者に代わって仕事をする約束事がいろいろあるからです。登場人物を提示し、環境を描き、筋をある歴史的状況の中に導入し、登場人物の人生の時間を無益な挿話で埋める。場面を変えるたびに、新たに提示、描写、説明が求められるわけです。だから私の至上命題は「ヤナーチェク的」なもので、小説から小説技術の機械性、小説的駄弁を厄介払いして小説を濃密にせよ、というものです。

C・S 第二点として、あなたは「新しい小説的な対位法の技法」のことを語られていますが、ブロッホについては必ずしも満足されていないですね。

M・K 『夢遊の人々』の第三作を見てみましょう。これは五つの要素、意図的に異質な五つの「線」から構成されています。(1)パーゼノウ、エッシュ、ユグノオという三部作の三人の主要人物に基づく小説的な物語、(2)ハンナ・ヴェントリングの家庭的な短編小説、(3)野戦病院のルポルタージュ、(4)救世軍少女の(一部は詩である)詩的な物語、(5)価値崩壊に関する(学術用語で書かれた)哲学的なエッセー。この五つの線はいずれも、それ自体としては素晴らしいものです。しかし、これら五つの線は同時に、たえず交互に(つまり明確な「ポリフォニー的」意図をもって)扱われていても、五つが結びつけられた、分割できない一つの全体を形成していない。言い換えれば、ポリフォニー的な意図は芸術的には未完成のままだということです。

C・S ポリフォニーという言い方が比喩的に文学に応用されると、小説が満たすことができない要請に行きつくのではないでしょうか?

M・K　音楽的なポリフォニーとは、完全に結びついているけれども、それなりの相対的な独立性を保っている二つないし複数の声（旋律線）の同時的な展開のことです。では小説的なポリフォニーとは何か？　まず、その対極にあるのが何かを言いましょう。それは単線的な構成です。ところが、小説史の始まりからすでに、小説は単線性から逃れ、一つの物語の継続的な語りの中に破れ目を開けようとしてきました。セルバンテスはドン・キホーテの単線的な旅を物語る。しかしドン・キホーテは旅をしながら他の人物たちに出会い、その彼らが彼ら自身の物語を話す。そんな物語は第一巻には四つあります。これが小説の単線構造から出る四つの破れ目です。

C・S　しかしそれはポリフォニーではないでしょう！

M・K　この場合には同時性がないからです。シクロフスキーの用語を借りれば、これは小説という箱の中に「はめ込まれた」新たな物語です。この「はめ込み」の方法は十七世紀と十八世紀の多くの小説家に見られますが、十九世紀は単線性を乗り越える別の方法、他に適当な言い方がないので、ポリフォニー的とでも呼べる方法を発展させました。『悪霊』がそうです。この小説を純粋に技術的な観点から分析すると、同時に進行する三つの線、場合によっては三つの小説になりうるような三つの線から構成されていることが分かります。すなわち、(1)スタヴローギン老夫人とステパン・ヴェルホヴェンスキーとの恋愛の皮肉な小説、(2)スタヴローギンとその女性関係にまつわるロマンティックな小説、(3)ある革命グループをめぐる政治的な小説です。すべての登場人物たちが互いに顔見知りなので、洗練された筋立ての技術によってこの三つの線をただ一つの分割できない全体に結びつけることが容易でした。今度はこのドストエフスキー的なポリフォニーをブロッホの場合と比較してみましょう。ブロッホのほうがはるかに徹底しています。『悪霊』の三つの線はいくら異なった性質のものだとしても、同じジャンル(三つの小説的物語)に属しているのに反して、ブロッホの場合には長編小説、短編小説、ルポルタージュ、詩、エッセーといったふうに根本的に違っている。このように小説のポリフォニーの中に非小説的なジャンルを統合することが、ブロッホの革命的な刷新だったのです。

C・S しかし、その五つの線が充分に接合されていないというのが、あなたの意見ですね。じっさい、ハンナ・ヴェントリングはエッシュを知らないし、救世軍の少女はハンナ・ヴェントリングの存在を知ることはけっしてないでしょう。だから、どんな筋立ての技術をもってしても、互いに出会いもせず、すれ違うこともない五つの異なった線を唯一の全体に統合することができないわけです。

M・K　それらは一つの共通の主題によって結ばれているだけです。しかし私は、この主題的な統一だけでまったく充分だと思うのです。不統一の問題は別のところにあります。まとめておきましょう。ブロッホの場合は、小説の五つの線は同時に進行するが互いに出会うことなく、一つもしくはいくつかの主題によって結びつけられています。私はこの種の構成を音楽学から借りた言葉でポリフォニーと名づけました。小説を音楽と対比させるのはさほど無益ではないことが、いずれお分かりになるでしょう。じっさい、偉大なポリフォニー作曲家たちの根本的な原則の一つは声部の等価性、つまりどの声部も他の声部を圧してはならず、またたんなる伴奏であってはならないというものです。そこで、『夢遊の人々』第三部の欠点だと私に思えるのは、五つの声部が等価ではないということなのです。第一の線（エッシュとユグノオについての「小説的」物語）が量的に他の線よりはるかに大きな場所を占め、またとりわけ質的にも、この線がエッシュとパーゼノウを介して、先立つ二つの小説と結びつけられるという意味で特別扱いされている。したがってこの線のほうがより大きく注意を惹き、他の四つの線をたんなる「伴奏」にしてしまいかねないわけです。第二には、バッハのフーガは他の声部なしにすますことができないのにたいして、ハンナ・ヴェントリングについての短編小説もしくは価値崩壊に関するエッセーは独立したテクストであり、それがなくても小説から意味が失われはしないし、小説が理解できなくなるわけでもないと想像できるのです。そこで、私にとって小説的対位法の必要不可欠《シネ・クワ・ノン》の条件とはこのようなものになります。(1)それぞれの線が等価であること。(2)全体が分割できないということ。私は「天使たち」と題された『笑いと忘却の書』の第三部を書き終えた日のことを思い出します。率直に言いますが、私は物語を構築する新しいやり方を発見したと確信し、ひどく誇らしかったのです。このテクストは以下の要素から構成されています。(1)ふたりの女子学生とその浮遊の逸話、(2)自伝的な物語、(3)フェミニストのテクストに関する批判的なエッセー、(4)天使と悪魔についての寓話、(5)プラハの上空を飛翔するエリュアールに関する物語。これらの要素はどれも他の要素なしには存在できず、唯一のテーマ、つまり「天使とは何か?」という唯一の問いを検討することによって、それぞれ他の要素を照らし出し、説明し合っています。この唯一の問いが五つの要素を結びつけているわけです。やはり「天使たち」と題されている第六部は、(1)タミナの死についての夢幻的な物語、(2)私の父の死についての自伝的な物語、(3)音楽学的な考察、(4)プラハで猛威をふるう忘却に関する考察から構成されている。私の父と子供たちに痛めつけられるタミナのあいだにどんな関係があるのか？　シュルレアリストたちの金科玉条を思いおこして、それは同じテーマというテーブルの上での「ミシンとコウモリの出会い」とも言えるでしょう。小説のポリフォニーは技術である以上にポエジーなのです。

C・S　『存在の耐えられない軽さ』では対位法はもっと目立ちませんね。

M・K　第六部ではポリフォニー的性格がとても顕著で、スターリンの息子の物語、神学的な考察、アジアにおける政治的な出来事、バンコックにおけるフランツの死、ボヘミアにおけるトマーシュの埋葬などが、「キッチュとは何か？」という絶えざる問いによって結びつけられている。このポリフォニー的な進行が構築全体の要石になっていて、小説構成上の均衡の秘密はまさにそこにあるのです。

C・S　どんな秘密ですか？

M・K　二つあります。第一に、この部は物語ではなく、エッセー（キッチュに関するエッセー）の骨組みに基づいているということです。人物たちの人生の断片が「事例」「分析すべき状況」としてこのエッセーに挿入され、そのために読者はフランツ、サビナの人生の最期、トマーシュと息子との関係の結末について、「ついでに」、簡潔に知ることになる。この省略によって、構築をすこぶる軽いものにできました。第二は年代的な入れ替えです。つまり、第六部の出来事は、第七部（最終部）の出来事の後で展開するということです。この入れ替えのおかげで、最終部は牧歌的な性格であるにもかかわらず、読者が未来を知っていることからくる憂愁に浸されるわけです。

C・S　話を『夢遊の人々』についての覚書にもどしますと、あなたは価値崩壊に関するエッセーについて若干の留保を表明されていますね。つまり、それが小説の〈真実〉として認められかねないと言われる。だからこそ「小説に特有のエッセーの技法」の必要性について話されるわけですね。

M・K　まず、言わずもがなのことから始めましょう。考察は小説の本体の中に入るや、本質が変わってしまいます。小説の外部では、ひとは断定の領野にいるわけで、政治家であれ、哲学者であれ、守衛であれ、みんながみずからの言葉を確信しています。ところが小説という領域では、ひとは断定しません。ここは遊びと仮定の領域であり、したがって小説的な考察は本質的に問いかけであり、仮定的なものなのです。

C・S　しかし、なぜ小説家はみずからの小説の中でじぶんの哲学を直接、断定的に表現する権利を断念すべきなのでしょうか？

M・K　哲学者の考え方と小説家の考え方のあいだには根本的な違いがあります。よくチェーホフ、カフカ、ムージル等々の哲学ということが語られますが、彼らが書いたものから何かしら首尾一貫した哲学を抽出しようとしてみてください！　彼らが日記の中でみずからの考えを直接表現しているときでさえ、その考えは思想の断言というよりも、むしろ思考の訓練、逆説の遊戯、即興なのです。

C・S　でも『作家の日記』のドストエフスキーはまったく断定的ですが。

M・K　しかし彼の思想の偉大さはそこにはありません。彼はただ小説家として偉大な思想家であるにすぎないのです。つまり、彼が並外れて豊饒で稀代の知的宇宙を、その人物たちの中で創りだす術を心得ていたということです。読者は登場人物たちの中に彼の考えの投影を見ることを好みます。たとえば、シャートフ〔『悪霊』の登場人物〕です。しかしドストエフスキーはそうさせないように、あらゆる予防策を講じています。最初に登場するときから、シャートフにはかなり残酷な性格付けがされているのです。「彼は、突然なんらかの途轍もない考えの啓示を受け、いつまでもそれに眩惑されたまま、しばしばずっとそこにとどまる、あのロシアの理想家のひとりだった。彼らはけっしてその考えを抑制できずに情熱的に信じ、そのために彼らの人生全体がもはや、彼らを半ば押しつぶした岩の下の苦悶でしかなくなると言えるほどだ」。したがって、たとえドストエフスキーがみずからの考えをシャートフの中に投影したとしても、それが直ちに相対化されているわけです。ドストエフスキーにとってもやはり、いったん小説の本体の中に入ってしまうと、考察は本質を変えるという規則に変わりはなく、断定的な考えが仮定的になるわけです。哲学者が小説を書いてみようとするときに見逃すのはこのことです。唯一の例外はディドロで、彼の素晴らしい『運命論者ジャック』です！ いったん小説の敷居を跨いでしまうと、この真面目な百科全書派は遊戯的な思想家に変身し、彼の小説の一文たりとも真面目でなく、すべてが遊びになってしまう。だからこそ、この小説はフランスではスキャンダラスなくらいに過小評価されています。じっさい、この本はフランスが見失い、ふたたび見出すことを拒否しているものすべてを凝縮しているのです。現代では作品よりも思想が好まれますが、『運命論者ジャック』は思想の言葉には翻訳できないものです。

C・S　『冗談』の中で音楽学的理論を展開するのはヤロスラフです。だから、その考察の仮定的な性格は明瞭です。しかし、あなたの小説には、あなた自身が直接話す箇所も見られますよ。

M・K　たとえ話すのが私でも、私の考察はひとりの登場人物と結びついています。私は登場人物の態度、物の見方を、彼らに代わって、彼らができるよりも深く考えたいのです。『存在の耐えられない軽さ』の第二部は、体と心の関係に関する長い考察から始まっています。そう、たしかにそこでは作者が話していますが、しかし作者の言うことのすべてはテレザという人物の磁場においてしか有効でなく、あれは(たとえ彼女自身の口から出なくても)テレザの物の見方なのです。

C・S　しかし、あなたの考察がどんな登場人物とも結びついていない場合がしばしばありますよ。『笑いと忘却の書』における音楽学的省察とか、『存在の耐えられない軽さ』におけるスターリンの息子の死に関する考察とか……。

M・K　たしかにそうです。私はときどき作者として、私自身として介入したくなるのです。この場合、すべては語りの口調にかかっています。私の考察は最初の一語から、遊戯的で、皮肉で、挑発的で、実験的もしくは問いかけの形の口調になっています。『存在の耐えられない軽さ』の第六部(「大行進」)全体はキッチュに関するエッセーであり、その主要なテーゼは「キッチュとは糞の絶対的な否定である」というものです。キッチュに関するこの考察はすべて、私にはまことに重大であり、この背後には多くの思索、経験、研究、情念さえもあります。しかし、その口調はけっして真面目ではなく、挑発的です。このエッセーは小説の外では考えられないものであり、これこそ私が「小説に特有のエッセー」と呼ぶものです。

C・S　あなたは小説的な対位法として、哲学、物語、夢の融合のことを述べられました。夢に注目してみましょう。夢幻的な語りは『生は彼方に』の第二部全体を占め、『笑いと忘却の書』の第六部もそれに基づいています。また、それはテレザの夢を通して『存在の耐えられない軽さ』でも貫かれていますね。

M・K　夢幻的な語り、というよりもむしろ、理性の統制、本当らしさへの配慮から解放され、理性的な考察では近づけない風景の中に入りこむ想像力と言ったほうがいいでしょう。夢は私が現代芸術の最大の成果と見なすその種の想像力のモデルにすぎません。しかし、定義上実存の明晰な検討であるべき小説の中に、いかにして統制されない想像力を統合するのか？　いかにしてこれほど異質な要素を統一するのか？　これには真の錬金術が要求されますよ！　このような錬金術のことを最初に考えたのはノヴァーリスだったように思われます。彼は小説『ハインリヒ・フォン・オフターディンゲン』第一巻の中に三つの大きな夢を挿入しましたが、これはトルストイやトーマス・マンに見られるような夢の「写実的な」模倣ではありません。夢に固有の「想像力の技術」に想を得た偉大な詩でした。しかし、彼は不満でした。この三つの詩は小説の中では孤島のように思われたのです。そこで、もっと先に行き、夢と現実が結びつき、相互に混じり合っているので、もはや互いに区別できないような語りとして第二巻を書こうとしたのです。しかし、彼はこの第二巻を最後まで書くことができず、みずからの審美的意図を語ったいくつかのノートを残しただけです。この意図は百二十年後にフランツ・カフカによって実現されました。カフカの小説は夢と現実の隙間のない融合で、現代社会に注がれる明晰このうえない視線であると同時にもっとも自由な想像力です。カフカとは、何よりもまず途方もない美的革命、芸術的な奇蹟の謂いです。たとえば、『城』の中でKが初めてフリーダと性交するあの信じがたい章を考えてください。あるいは、彼が小学校の教室をじぶん、フリーダ、そしてふたりの助手のための寝室に変える章を。カフカ以前には、このような想像力の凝縮は考えられませんでした。もちろん、彼の模倣をすることは滑稽でしょう。しかし、私としては、カフカ(それにノヴァーリス)のように、小説の中に夢、夢に固有の想像力を入れたいという、そのような欲求を覚えるのです。ただ、私の仕方は「夢と現実の融合」ではなく、ポリフォニー的な対照であって、「夢幻的な」物語は対位法の線の一つにすぎません。

C・S 先に進みましょう。もう一度、構成の統一性の問題にもどりたいものですから。あなたは『笑いと忘却の書』を「変奏曲形式の小説」と定義されていますが、それでもまだ小説と言えるのでしょうか?

M・K 一見小説らしく見えないのは、筋の一貫性がないからです。筋のない小説というものは想像しづらい。「ヌーヴォー・ロマン」の実験でさえ筋(あるいは筋の不在)の一貫性に基づいています。スターンとディドロはこの一貫性を極端に不安定にすることを面白がっています。ジャックとその主人の旅は小説という箱の中でほんのわずかな部分しか占めず、それは他の挿話、物語、考察などをはめ込むための滑稽な口実にすぎません。しかし、この口実、この「箱」は小説が小説として、あるいは少なくとも小説のパロディーとして感じられるためには必要なものです。とはいえ、私は小説の一貫性を保証するより深いものがあると信じています。テーマの統一性です。もっとも、事態はつねにそうだったのです。『悪霊』が基づいている三つの語りは筋立ての技術によって結びつけられているのは事実ですが、それよりも同じテーマ、すなわち神を失ったときに人間に取り憑く悪霊というテーマによって結びつけられているのです。語りのそれぞれの線において、このテーマは別の角度から、まるであるものを三つの鏡に映すように考察されているわけです。そして、小説の全体に内的な、もっとも目立たず、もっとも重要な一貫性をあたえているのは、このもの（私がテーマと呼ぶこの抽象的なもの）なのです。『笑いと忘却の書』においては、この全体の一貫性はひとえに、変奏されるいくつかのテーマ（そしてモチーフ）の統一性によって創り出されています。それでもまだ、これは小説なのだろうか？　私に言わせれば、そうです。小説とは想像的な人物を介して見られた実存についての考察のことですから。

C・S　もしそのような広い定義に賛成するなら、『デカメロン』だって小説と呼べることになりますよ！　あそこでもすべての物語が愛のテーマによって統一され、同じ十人の話者によって語られているのですから……。

M・K　私は『デカメロン』を小説だと言うほどまでに挑発を押しすすめませんよ。それでも、この本が散文の語りの壮大な作品を創ろうとする近代ヨーロッパで最初の試みの一つであり、そのかぎりにおいて、少なくとも小説の源泉と先駆けとして小説史の一部を成すことに変わりはありません。ご存じのように、小説史は過去に見られたような道を進んできたわけですが、また別の道をたどることもできました。小説の形式は半ば無限の自由なのですが、小説の歴史の過程でその自由が活用されず、取り逃がされてしまったわけです。小説には未開拓の形式的可能性が多く残されていますよ。

C・S　それでも、『笑いと忘却の書』を別にすれば、あなたの小説もまた、やや緩みがあるとはいえ、筋の統一性に基づいていますね。

M・K　私はずっと二つのレヴェルで小説を組み立ててきました。最初のレヴェルで小説的物語を構成し、その上でテーマを展開するわけです。テーマはたえず小説的物語の中と、物語によって仕上げられていきます。小説がテーマを捨て、物語を語るだけで満足する場合には平板になります。逆に、一つのテーマはそれだけで、物語の外でも展開できます。このようなテーマへの接近の仕方を、私は逸脱と呼んでいます。逸脱とは一時的に小説的物語を捨てることを意味します。たとえば、『存在の耐えられない軽さ』の中のキッチュに関する考察のすべては逸脱であり、私はみずからのテーマ（キッチュ）に直接取り組むために、小説的な物語を捨てたわけです。このような観点からすれば、逸脱は構成の規則を弱めるのではなく、強化するのです。私はテーマとモチーフを区別します。モチーフとは小説の過程で、つねに異なった文脈で何度か立ちもどってくるテーマ、もしくは物語の要素のことです。たとえば、ベートーヴェンの弦楽四重奏というモチーフは、テレザの生活からトマーシュの考察の中に移りますが、これが重さ、キッチュといったテーマをも横断します。あるいはサビナとトマーシュ、サビナとテレザ、サビナとフランツの場面に登場するサビナの山高帽子もまた、「理解されなかった言葉」というテーマを提示しています。

C・S　しかしテーマという言葉で、あなたは正確に何を言おうとされるのですか？

M・K　テーマとは実存的な問いかけのことです。そして私はだんだん、そのような問いかけが結局、特別の言葉、言葉＝テーマの検討に他ならないことに気づくようになりました。そこでこう強調することになったわけです。小説はまず根本的な言葉に基づいているのだ、と。それはシェーンベルクにおける「音列」のようなものです。『笑いと忘却の書』では、その「音列」は次のようになっています。忘却、笑い、天使、「リートスト〔小説の第五部の題名。チェコ語で「突如発見された私たち自身の悲惨の光景から生ずる、悩ましい状態」のことをいう〕」、境界。小説が進む中で、この五つの主要語が分析され、研究され、定義づけられ、再定義され、その結果、実存のカテゴリーに変容するのです。小説はちょうど家がいくつかの柱の上に建てられているように、それらのいくつかのカテゴリーの上に築かれています。『存在の耐えられない軽さ』の柱は重さ、軽さ、心、体、大行進、糞、キッチュ、同情、目眩《めまい》、力、弱さです。

C・S　あなたの小説の構築的な次元のことに立ちいってみましょう。一作を除いてすべて七部に分けられていますね。

M・K　『冗談』を書き終えたとき、それが七部構成だったからといって驚く必要はまったくありませんでした。そのあとで、『生は彼方に』を書きました。ほぼ書き終えようとしていたとき、この小説は六部構成でした。私は不満でした。この物語が平板だと思えたのです。やがてふと、この小説の中に主人公の死の三年後（すなわち小説の時間以後）に生じる物語を入れたらどうだろうという考えが浮かびました。それが最後から二番目の、第六部「四十男」で、おかげで一挙にすべてが完璧になったのです。のちになって私は、この六部が『冗談』の第六部（コストカ）と奇妙に対応していることに気づきました。これもまた、小説の中に外部の人物を導き入れ、小説の壁に秘かな窓を開いてやるものでした。『可笑しい愛』はまず、十編の短編小説でした。その決定版をつくったとき、私はそのうち三点を削除しました。すると全体がすっきりとまとまってきたのです。その結果、これが『笑いと忘却の書』の構成を先取りする形になりました。同じテーマ（とくに韜晦のテーマ）が七つの物語を唯一の全体として結びつけ、しかもそのうちの四番目と六番目がハヴェル先生という同じ人物の「フック」によって結びつけられています。『笑いと忘却の書』でも、第四部と第六部がタミナという同じ人物によって結びつけられています。『存在の耐えられない軽さ』を書いたとき、私はなんとしてもこの七という数字の宿命を打破したいと願いました。小説はかねがね六部の構想で考えられていたのですが、第一部の形が定まらないという気がずっとしていました。結局、この部がじっさいは二部になっていて、まるでシャムの双生児みたいなものなのだから、細心の外科手術によって二つに分離してやらねばならないと理解したのです。こんなことを洗いざらいお話しするのは、魔術的な数字による迷信めいた気取りからでも、合理的な計算からでもなく、それが根深く、無意識的で、理解しがたい絶対的な要請、私が逃れることができない原型だと言うためです。私の小説は七という数字に基づく同じ建築の様々な変形なのです。

C・S　その数学的な秩序はどこまで及ぶのでしょうか？

M・K　『冗談』を例にしましょう。この小説はルドヴィーク、ヤロスラフ、コストカ、ヘレナという四人の人物によって語られます。ルドヴィークのモノローグは全体の三分の二を占め、他の者たちは合わせて三分の一です（ヤロスラフ六分の一、コストカ九分の一、ヘレナ十八分の一）。このような数学的な構造によって、私が人物たちの照明と呼びたいものが決まってくるのです。ルドヴィークは（彼自身のモノローグによって）内面からも、（他の者たちも彼の肖像を描くので）外面からも十全に照らし出される。ヤロスラフは彼のモノローグによって六分の一を占めるが、彼の自画像はルドヴィークのモノローグによって外側から修正される、等々。どの人物も異なる明るさ、別の角度で照明される。もっとも重要な人物のひとりルツィエにはモノローグがなく、ただルドヴィークとコストカのモノローグによってのみ照らし出されるにすぎない。このように、内側から照らし出されないことによって、彼女には神秘的で捉えどころのない性格があたえられる。彼女はいわばガラス窓の向こう側にいて、触れることができない存在になっているのです。

C・S そのような数学的な構造は、あらかじめ考えられたものでしょうか？

M・K いいえ、私はそれをすべて、プラハでの『冗談』出版後、あるチェコの文芸批評家の論文、「『冗談』の幾何学」のおかげで発見したのです。これは私には啓示的なテクストでした。言い換えれば、この「数学的秩序」は必然的な形式としておのずから生じたもので、計算の必要はなかったわけです。

C・S　あなたの数字好みはそれに由来するのですか？　あなたの小説はすべて、部と章に数字が打たれています。

M・K　小説の部への区分、部の章への区分、章の段落への区分、言い換えれば、小説の分節、私はこれがきわめて明確であってほしいと願うのです。七部のそれぞれが一つの全体で、それぞれに固有の語りの様式に特徴づけられています。たとえば、『生は彼方に』です。第一部は「継続的な」(つまり各章間に因果的繋がりのある)語り、第二部は夢幻的な語り、第三部は「断続的な」(つまり各章間に因果的繋がりのない)語り、第四部はポリフォニー的な語り、第五部は継続的な語り、第六部は継続的な語り、第七部はポリフォニー的な語りです。各部が固有の視野をもち(ひとりの想像的自我の視点から語られる)、各部にはそれぞれ固有の長さがあります。『冗談』では順に、ごく短い、ごく短い、長い、短い、長い、短い、長いとなっています。『生は彼方に』では順序が逆になって、長い、短い、長い、短い、長い、ごく短い、ごく短いとなっています。私は章もまた同じようにそれぞれがそれ自体で小さな全体になるように望みます。だからこそ編集者たちにたいして、数字が目立つようにして、各章を互いに明確に分けて欲しいと求めるのです(この点ガリマール社の解決法は理想的です。各章毎に新たに頁が起こされていますからね)。もう一度小説を音楽と比較させてください。部は楽章、章は小節にあたります。小節は短い場合もあれば長い場合もあり、あるいは長さがまったく不規則なこともあります。そこで私たちはテンポという問題にみちびかれるわけで、私の小説の各部はそれぞれモデラート、プレスト、アダージョなどといった音楽の指示記号をもっていると言えるかもしれません。

C・S つまりテンポは部の長さとその部に含まれる章の数との関係で決まってくるわけですね?

M・K この観点から『生は彼方に』を見てください。

第一部　一一章七一頁　モデラート
第二部　一四章三一頁　アレグレット
第三部　二八章八二頁　アレグロ
第四部　二五章三〇頁　プレスティッシモ
第五部　一一章九六頁　モデラート
第六部　一七章二六頁　アダージョ

第七部　二三章二八頁　プレスト

お分かりのように、第五部は九六頁あるのに一一章しかないので静かで遅い流れ、モデラートになります。第四部は三〇頁に二五章もあるのですよ！　だから大きな速度感覚をあたえ、プレスティシモになるわけです。

C・S　第六部はたった二六頁に一七章もありますね。私がちゃんと理解しているとすれば、これはかなり高い頻度になります。それでも、アダージョだと言われるのですか！

M・K　テンポはまた別のもの、つまりある部の長さとそこで語られる出来事の「現実的」な時間との関係によっても決まるからです。第五部「嫉妬する詩人」がまる一年の生活を表現しているのにたいして、第六部「四十男」はわずか数時間しか扱っていません。したがって、ここでは章の短さが時間の流れを遅くし、唯一大事な瞬間を固定する機能を果たしているわけです……。私はテンポの対比をきわめて重要なものと考えているのですよ！　私にとって、この対比はじっさいに書くずっと前から、小説の最初の構想の一部になっていることもしばしばです。『生は彼方に』のこの第六部アダージョ（平穏と同情の雰囲気)の後に第七部プレスト(高揚した残酷な雰囲気)がつづく。私としてはこの最後の対比の中に、小説の情緒的な力をすべて集中したかったのです。『存在の耐えられない軽さ』はこの正反対です。執筆の当初から、最後の部にピアニッシモとアダージョ(出来事らしいものがあまりない平穏で憂鬱な雰囲気の「カレーニンの微笑」)があり、それに先だって別のフォルティッシモ、プレスティッシモの部(「大行進」。多くの出来事がある荒々しく、皮肉な雰囲気)があるべきだと分かっていました。

C・S それではテンポの変化の前提として情緒的雰囲気の変化があるわけですね。

M・K 音楽にはもう一つの大きな教えがあります。好むと好まざるとにかかわらず、音楽作品のパッセージはどれも情緒的な表現によって私たちに働きかけてきます。いつの時代も、交響曲あるいはソナタの楽章の順序は緩徐楽章と急速楽章の交替という不文律によって決められていました。これは半ば自動的に悲しい楽章と陽気な楽章ということを意味します。このような情緒的な対比はやがて忌まわしい紋切り型になり、これを乗り越えたのは(必ずしも常ではありませんが)巨匠たちだけでした。この意味で私が感嘆するのは、第三楽章が葬送行進曲になっているよく知られたショパンのソナタです。慣習通りにこのような荘重な別れのあとに、いったいまだ何が言えるでしょうか?

のソナタを活発なロンドで終えるのでしょうか？　ベートーヴェンでさえ、二六番のピアノソナタの葬送行進曲（やはり第三楽章）のあとに快活なフィナーレを続けたときには、この紋切り型を免れませんでした。ショパンのソナタの第四楽章はすこぶる風変わりで、速く短いピアニッシモです。そこにはなんのメロディーもなく、完全に没感情的です。はるか彼方をわたる突風、最後の忘却を告げるかすかな物音のようです。この二つの楽章（感情的なもの／没感情的なもの）の対比は聴く者の心を締めつけ、まったくもって独創的なものです。このことをお話しするのは、小説を創作するということは、異なった情緒的空間を並置することであり、私見では、そこにこそ小説家のもっとも精緻な技巧があるということを理解していただくためなのです。

C・S　あなたが受けられた音楽教育が小説の書き方に大きく影響しているわけですか？

M・K　私は二十五歳のときまで、文学よりもずっと音楽に惹かれていました。当時の私の最高作はピアノ、ヴィオラ、クラリネット、打楽器のための四重奏曲でした。まさか将来小説を書くことになろうとは思ってもいなかったのですが、これはほとんど戯画的に私の小説の結構を予告していました。この「四つの楽器の曲」が、なんと、七部構成だったのですよ！　私の小説の場合と同じで、全体が形式的に（ジャズ、ワルツのパロディー、フーガ、コラールなど）きわめて異質な楽章によって構成され、それぞれの楽章が（ピアノとヴィオラ、ピアノ独奏、ヴィオラとクラリネットと打楽器、といったふうに）違った管弦楽法で処理されていたのです。このような形式的な多様性は大きな主題的統一によって均衡が保たれ、開始から終曲までただAとBの二つの主題だけで仕上げられていました。ところが第六部になって一度だけ、新しい主題Cが出てきますが、これは『冗談』のコストカ、『生は彼方に』の四十男の場合とまったく同じです。こんなことをすべてお話しするというのも、小説の形式、その「数学的な構造」がなにか計算されたものではなく、無意識の至上命題、固定観念だったことを示すためです。かつて私は、じぶんに取りついているこの形式はじぶん自身の人格の一種代数的な定義だと考えたこともありますが、数年まえのある日、ベートーヴェンの弦楽四重奏作品一三一番をもっと注意深く検討していて、そのようなナルシス的で主観的な形式の概念を捨てねばならないと気づいたのです。これを見てください。

第一楽章　遅く　フーガ形式　七分二一秒

第二楽章　速く　不定形式　三分二六秒
第三楽章　遅く　単一主題の提示のみ　五一秒
第四楽章　遅く、そして速く　変奏曲形式　一三分四八秒
第五楽章　とても速く　スケルツォ　五分三五秒
第六楽章　とても遅く　単一主題の提示のみ　一分五八秒
第七楽章　速く　ソナタ形式　六分三〇秒

おそらくベートーヴェンは音楽のもっとも偉大な建築家でしたが、四楽章からなる一組として考えだされたソナタを継承しました。これはしばしばかなり恣意的に集められたもので、(ソ、ナ、タ、形式で書かれた)第一楽章がつねに(ロンド、メヌエットなどで書かれた)続く他の楽章より重要です。ベートーヴェンの芸術的進化の全体はそのような寄せ集めを真の統一性に変えようとする意志によって特徴づけられます。たとえば、ピアノソナタでは重心を第一楽章から最終楽章に徐々に移す。しばしばソナタをわずか二楽章だけにしてしまう。同じ主題をいくつもの楽章で使う等々です。しかし、それと同時に、その統一性の中に最大限の形式的な多様性を導入します。彼はしばしばフーガをソ

ナタの中に挿入しますが、これは並々ならぬ勇気の証です。なぜなら、そんなことをすれば、フーガはまるでブロッホの小説における価値崩壊についてのエッセーのように異質に思われたはずですから。弦楽四重奏作品一三一番は構築的完成の頂点です。私はただ一点、すでに話した長さの多様性についてだけあなたの注意を喚起したいと思います。第三楽章は続く楽章の一五分の一の短さなのですよ！　そしてまさしく奇妙なくらい短い二つの楽章（第三楽章と第六楽章）こそが、互いにじつに異質な七つの楽章を結びつけ、統一のある全体にしているのです！　もしこれらの楽章がほぼ同じ長さだったなら、統一性は壊れていたでしょう。何故か？　私には説明できません。まあ、ともかくそうなのです。もし同じ長さの七つの楽章だったら、それはただ横に並べられた七つの大きな衣装ダンスのようなものになったでしょう。

C・S　これまで『別れのワルツ』のことをほとんど話題にされませんでしたが。

M・K　でも、ある意味であれは私にもっとも大切な小説なんですよ。『可笑しい愛』と同じように、私はあれを他のものよりずっと楽しく、喜んで書いたのです。まったく別の精神状態で、また仕上がりもずっと速く。

C・S　これには五部しかありませんね。

M・K　この小説は私の他の小説とはまったく異なった形式的な原型に基づいていて、完全に均質で、逸脱はなく、唯一の素材からなり、同じテンポで語られています。ヴォードヴィル〔軽喜劇〕の形式に基づいて様式化され、きわめて演劇的なものです。『可笑しい愛』の中には短編「シンポジウム」（仏訳「討論会《コロック》」）が収められていますが、チェコ語ではSymposiumという題名であり、これはプラトンの『饗宴（Symposion）』へのパロディー的な暗示で、愛に関する長い議論からなっています。ところが、この「シンポジウム」が『別れのワルツ』とまったく同じく五幕構成のヴォードヴィルなのですよ。

C・S　あなたにとってヴォードヴィルという言葉は何を意味するのですか？

M・K　予期しない、誇張された偶然の一致という仕掛けを使って、筋立てを非常に際だたせる形式で、ラビーシュがその代表者です。小説において、ヴォードヴィル的な行き過ぎた筋立てほど滑稽で、時代遅れで、悪趣味なものはありません。フローベール以来、小説家たちは筋立てのトリックを消し去ろうと努め、その結果小説はしばしば、このうえなく冴えない人生よりもさらに冴えないものになってしまいました。しかしながら、初期の小説家たちには本当らしさにたいするその種の几帳面さなどはありませんでした。『ドン・キホーテ』第一巻には中部スペインのどこかに一軒の宿屋があって、まったくの偶然によってみんながここで出会います。ドン・キホーテ、サンチョ・パンサ、ふたりの友人の床屋と司祭、それに許婚のルシルダをドン・フェルナンドとかという男に連れ去られた若者カルデニオ、同じドン・フェルナンドが捨てた許婚のドロテーア、やがてルシルダといっしょのドン・フェルナンドその人。それからモーロ人の監獄から逃げだしてきた士官、何年も彼を捜しているその弟、その弟の娘クラーラ、彼女を追いかけている恋人、その彼を追いかけている父親の従僕たち……。これはまったくありそうもない偶然の一致と出会いの累積です。しかし、これをセルバンテスの素朴さとか不器用さなどと見なしてはなりません。当時の小説はまだ、本当らしさの契約を読者と結んでいなかったのですから。当時の小説は現実のように見せかけるのではなく、読者を面白がらせ、感心させ、驚嘆させ、魅惑しようとしていたのです。それは遊戯的なものであり、そこにこそ小説の名人芸があったのです。十九世紀初頭は小説史において大きな変化を画し、私はこれをほとんど衝撃と言いたいくらいです。現実の模倣という至上命題のために、セルバンテスの宿屋は一挙に滑稽なものになったのです。二十世紀はしばしば十九世紀の遺産に反抗しました。それでも、たんにセルバンテスの宿屋に回帰することはもはや不可能になりました。それと私たちのあいだには、十九世紀の写実主義の経験がしっかりと介在し、ありそうもない偶然の一致といった遊びはもはや無邪気なものではありえなくなった。それはある場合には意図的に戯けた、皮肉で、パロディー的になるか(たとえばジッドの『法王庁の抜け穴』、もしくはゴンブロヴィッチの『フェルディドゥルケ』)、ある場合には幻想的、夢幻的なものになるか、そのどちらかになったのです。この後者がカフカの最初の長編小説『アメリカ』です。第一章を読んでみてください。そこにはカール・ロスマンとその伯父とのまったくありそうもない出会いがあります。これはセルバンテスの宿屋へのノスタルジー的な思い出のようなものです。しかし、この小説の中では、ありそうもない(さらには、ありえない)状況がなんとも綿密に、いかにも現実らしく喚起されているので、読者はいかにありそうもないとはいえ、現実よりもさらに現実的な世界に入りこんだような気持ちになるのです。このことをよく記憶にとどめてください。カフカがセルバンテスの宿屋、ヴォードヴィル的な門を通って、彼の最初の「超-現実的」な世界(最初の「現実と夢の融合」)の中に入ったということです。

C・S　ヴォードヴィルという言葉は娯楽という考えを暗示しますね。

M・K　ヨーロッパの偉大な小説の当初は娯楽であり、真の小説家はだれでもそれにノスタルジーを覚えていますよ！　娯楽はいささかも深刻さを排除するものではありません。『別れのワルツ』の中では、人間はこの地上で生きるに値するのだろうか？「地球を人間の牙から解放すべきではないか？」と問われています。問いの極端な深刻さと形式の極端な軽さとを結びつけることは、私の長年の野心でした。しかもこれは純粋に芸術的な野心ではありません。軽薄な形式と深刻な主題を結びつけることで、私たちのドラマ（私たちのベッドで起こるドラマと同じく、〈歴史〉の大舞台で演じられるドラマ）がその恐るべき無意味さの中で暴かれるのです。

C・S　したがって、あなたの小説には一つは異質な要素を七という数字に基づく構築として結びつけるポリフォニー的な構成、もう一つは一歩誤れば本当らしくなくなる、均質で、演劇的な、ヴォードヴィル的な構成という、二つの原型＝形式があるわけですね。

M・K　私はつねに思いもかけない大きな不貞を夢みています。しかし、さしあたってはその二つの形式との重婚から逃れるところまでいたっていないのです。

第五部　その後ろのどこかに

詩人たちは勝手に詩を作り出すのではない
詩はその後ろのどこかに、
遠い、遠い昔から存在しているのだ
詩人はただその詩を見つけるだけだ
ヤン・スカーツェル

1

私の友人ヨゼフ・シュクヴォレツキーは、著書の一冊の中で、こんな実話を語っている。

プラハのある技師がロンドンの科学者会議に招待された。彼はそこに行って、討論に参加し、プラハに帰った。帰国してから数時間後、研究室で〈党〉の機関紙《ルデ・プラヴォ》を手に取ってみると、こんなことが書かれていた。ロンドンのシンポジウムに派遣されたチェコの技師が西欧のマスコミに向けて、社会主義の祖国を中傷する声明をおこない、そのまま西欧にとどまることを決意した、と。

このような声明を伴う非合法の亡命はただ事ではすまず、二十年の禁固刑に値するかもしれない。技術者はわが眼が信じられなかった。しかし、記事が彼のことを語っていることに何の疑いもなかった。研究室に入ってきた秘書が彼の姿を見るなりぎょっとして言った。「まあ、お帰りになったのですか！ なんて無茶なことを！ 先生について書かれていることをお読みになったんでしょう？」

技師は秘書の眼にはっきりと恐怖の色を見た。何ができるのか？ 彼は《ルデ・プラヴォ》の編集室に駆けこみ、責任者に会った。責任者は心から謝罪して、この件はじつに厄介だが、じぶんとは何の関係もなく、記事の内容は内務省から直接受けとったものだと言う。

そこで彼は内務省に赴いた。内務省では、そうですね、これはきっと何かの間違いでしょうが、本省は何の係わりもなく、ロンドン大使館の秘密機関からあなたに関する報告書を受けとっただけだと言われた。技師は撤回を求めた。すると、いや、撤回は無理だが、あなたの身には何も起こるはずはないから安心していてよいと請けあってくれた。

しかし、技師は安心できなかった。それどころか間もなく、突然じぶんが厳重に監視され、電話が盗聴され、街頭では尾行されていることに気がついた。彼は眠れなくなって悪夢にうなされた。そんな緊張に耐えられなくなり、とうとうある日、大変な危険を冒して、ついに非合法に祖国を去った。こんなふうにして、彼は本物の亡命者になった。

2

いま私が述べた話は、何のためらいもなくカフカ的なものと呼ばれている話の一つだが、芸術作品から取られ、ひとりの小説家のイメージによってのみ決定されたこの用語が、他のどんな言葉によっても把握できず、政治学も、社会学も、心理学も解明の鍵をあたえてくれない(文学的でもあれば、現実のものでもある)諸状況の唯一の分母になっているように見える。

しかし、カフカ的なものとはいったい何なのだろうか?

そのいくつかの側面を描いてみることにしよう。

第一の側面。

例の技師は権力と対決するが、この権力には果てしない迷路という性格がある。彼はこの数限りない通路の果てまで行くことはけっしてないだろうし、誰が決定的な判決を下したのか知ることもないだろう。だから彼は、裁判所を前にしたヨーゼフ・K、あるいは城を前にしたKと同じ状況にいることになる。彼らはいずれも、逃れられず、理解することもできない唯一の、迷路めいた巨大な制度でしかない世界の真っ只中にいるのだ。

カフカ以前にも、小説家たちはよく諸制度を個人もしくは社会の様々に異なった利害がぶつかり合う競技場として正体を暴きだしたが、カフカにあっては、制度とは固有の法則に従うメカニズムであり、この法則は何時、誰によって計画されたものか分からず、人間の利害とは何の関係もない、したがって意味不明のものなのだ。

第二の側面。

『城』の第五章で、村長はKに彼の一件書類の長い歴史について詳しく説明する。要約するとこうなる。十年ほど前、村で測量士を雇うようにという提案が城から村に通達された。文面による村長の回答は否定的な(誰ひとり測量士など必要としていないという)ものだったのだが、その回答は別の役所に迷いこんでしまった。そのような長い年月にわたる役所間の誤解のなんとも絶妙な作用のせいで、ある日、まさに関係部局が無効になった古い提案を廃棄処分にしていたときの不注意から、招聘状が本当にKに送られてしまった。だからKは間違いによって長い旅をして村に着いたのだ。そればかりでなく、彼にとってはもはや、村にあるこの城以外に他のどんな世界もなくなったのだから、彼の存在はそっくり一つの間違いでしかなくなってしまう。

カフカ的な世界では、書類はプラトンのイデアに似ている。書類が真の現実の代わりになる一方で、人間の身体的な存在は錯覚のスクリーンに映された映像にすぎなくなるのだ。じっさい、測量士Kもプラハの技師も彼らの整理カードの影でしかないのだが、じつはそれ以下のものである。彼らは書類上の間違いの影、つまり影として存在する権利さえもない影なのだから。

しかし、もし人間の生が影でしかなく、その真の現実が別のところ、近づきがたいものの中、非人間的なものと超人間的なものの中にあるのだとすれば、ひとは一挙に神学の世界に入ることになる。そしてじっさい、カフカの初期の解釈者たちは彼の小説を宗教的な寓話として解釈したのだった。

私にはこの解釈は誤っていると思われる（なぜなら、この解釈はカフカが人間生活の具体的な状況を把握しているところにアレゴリーを見るからなのだ）が、また意味深いとも思われる。というのも、権力がおのれを神格化するところではどこでも自動的にみずからの神学を生みだし、権力が神のように振る舞うところではどこでも、おのれにたいする宗教的な感情を呼び起こすものだからだ。この場合には、世界は神学的な語彙によって描かれることもありうる。

カフカは宗教的なアレゴリーを書いたわけではないが、カフカ的なものは（現実の中でも虚構の中でも）その神学的な（あるいはむしろ、疑似＝神学的な）側面と切り離せないのである。

第三の側面。

ラスコーリニコフ〔ドストエフスキー『罪と罰』の主人公〕はおのれの罪の意識に耐えきれなくなり、心の平穏を得るために、進んで罰に同意する。これは過失が処罰を求めるという、よく知られた状況である。

カフカにおいては論理が逆転する。罰せられる者は罰の原因を知らない。処罰が不条理なのはじつに耐えがたいことだから、被告は心の平穏を得るために、おのれの刑罰を正当化したいと願う。つまり、処罰が過失をさがすのだ。

プラハの技師は警察の厳重な監視という罰を受ける。この処罰は犯されていない犯罪を必要とし、亡命者として告発された技師はついに本当に亡命してしまう。処罰がついに過失を見つけたのだ。

『審判』の第七章で、じぶんがなんで告発されたのか知らないKは、みずからの生涯、過去のすべての「どんな細かなことまで」も検討しようと決意する。ここで「自己有罪化」の機制が作動する。被告がみずからの過失をさがすのだ。

ある日、アマーリアは城の役人から一通の淫らな手紙を受けとる。侮辱された彼女はその手紙を引き裂く。城は彼女の無謀な行動を非難する必要さえない。恐怖（技師が秘書の眼に見たのと同じ恐怖）がおのずから作動するのだ。城からのどんな命令も、はっきり感じとれるどんな徴候もないのに、みんながアマーリア一家をペスト患者のように避けることになるのである。

アマーリアの父親はなんとか家族を守りたいと願う。しかし困難な問題が一つある。判決を下した張本人が見つからないだけでなく、判決そのものが存在しないのだ！　訴えを起こし、恩赦を求めるためには、まず被疑者になっていなければならないのだ！　父親は娘の罪をはっきりと教えてくれるように城に懇願する。処罰が過失をさがすどころではない。この疑似＝神学的な世界では、罰せられた者がみずからを有罪と認めてくれるよう懇願するのだ！

第四の側面。

プラハの技師の話は滑稽譚、冗談の性格をもち、笑いを誘う。まったく平凡なふたりの紳士が（仏訳が私たちに信じこませるような「捜査官」ではない）、ある朝、ヨーゼフ・Kの起きがけをおそい、彼が逮捕されたことを告げてから、彼の朝食を食べる。Kはきわめて礼儀正しい銀行員だから、ふたりを自宅から追い払わずに、寝間着姿のまま彼らに向かって長々と自己弁護する。カフカが友人たちのためにこの『審判』第一章を朗読したとき、作者をふくめてみんなが笑ったという。

フィリップ・ロスは『城』の映画化を夢み、測量士Kの役としてグルーチョを、ふたりの助手の役としてチコとハーポを考えた。そう、彼はまったく正しいのであって、喜劇はまさしくカフカ的なものの本質と切り離しえないのだ。

しかし、プラハの技師にとっては、じぶんの話が喜劇だからといって、そんなことは取るに足らない安らぎにすぎない。彼は水槽の中の魚のようにみずからの人生の冗談の中に閉じこめられたままなのだから、それを面白いと思うわけはない。じっさい、ある冗談が面白いのは水槽の前にいる者たちにとってだけである。これとは逆に、カフカ的なものは私たちを内部に、冗談の内奥に、喜劇の恐ろしさの中に導くのである。カフカ的なものの世界では、シェイクスピアにおけるように喜劇が悲劇の（悲＝喜劇的な）対位法になるのではないし、喜劇は調子の軽さのおかげで悲劇を耐えうるものにするためにあるのではない。それは悲劇に伴いはせず、悲劇を未然に破壊してしまい、その結果、犠牲者がまだ期待することができる唯一の慰め、すなわち悲劇の（真の、あるいは想定された）偉大さの中にいるのだという慰めさえ奪ってしまう。技師は祖国を失ったが、観衆はみな笑うのだ。

3

現代史には人生がカフカの小説に似てくる時代がある。

私がまだプラハで暮らしていたとき、何度も〈党〉の書記局（不格好で、むしろ近代的な建物）が「城」という言葉で呼ばれるのを耳にしたことがある。何度も〈党〉のナンバー２（ヘンドリッヒとかという同志）がクラム Klamm と呼ばれるのを聞いたこともある（これは、チェコ語では klam が「蜃気楼」や「瞞着」を意味するだけになおさら素晴らしい呼び方だった）。

共産党の大物だった詩人のAは一九五〇年代のスターリン裁判のあと投獄され、獄中で詩集を書いた。その中で彼は、わが身が被ったあらゆる残虐行為にもかかわらず、共産主義への忠誠を宣誓していた。それはこの詩人が卑怯だったからでなく、みずからの忠誠（じぶんの死刑執行者にたいする忠誠）がじぶんの美徳と廉直の証になると思ったからだった。この詩集のことを知ったプラハの人々は、抜群の皮肉をこめてこれに「ヨーゼフ・Kの感謝」という異名をつけた。

カフカの小説から取られた様々なイメージ、状況、適切な文句でさえもが、プラハの生活の一部になっていたのだ。

こう言えば、カフカのイメージがプラハで生き生きと感じられるのは、それが全体主義社会の先取りだからだと結論したい気に駆られる人がいるかもしれない。

とはいえ、そのような断定は訂正されねばならない。カフカ的なものとは社会学や政治学の概念ではないからだ。これまでカフカの小説を産業社会、搾取、人間疎外、ブルジョワ的道徳、要するに資本主義の批判として説明する試みがなされてきた。しかし、カフカの世界には資本主義を構成するものはほとんど何も見られない。金銭も金力も、商業も、所有も所有者も、階級闘争も見られないのである。

カフカ的なものはまた、全体主義の定義にも合致しない。彼の小説には党も、イデオロギーとその語彙も、政治も、警察も、軍隊も見られないのだ。

だからカフカ的なものとはむしろ、人間とその世界の基本的な可能性、歴史的には決定されず、人間にほとんど永遠につきまとう可能性だと思われる。

しかし、このように厳密に言い直したからといって、次のような疑問が消え去るわけではない。すなわち、プラハではカフカの小説が生活と区別がつかなくなるのに、パリでは同じ小説がもっぱら作者の主観的な世界の難解な表現と感じられるということが、いったいどうしてありうるのか？　それはこのカフカ的と呼ばれる人間と世界のそのような潜在性がパリよりもプラハでずっと容易に具体的な運命に変わるということなのだろうか？

現代史には大きな社会的規模でカフカ的なものを産みだす様々の趨勢がある。自己神格化をめざす権力の段階的な集中化。あらゆる制度を果てしない迷路に変えてしまう社会活動の官僚化。そこに由来する個人の没人格化。

こうした趨勢の極端な集中としての全体主義国家は、カフカの小説と実生活との密接な関係を明るみに出した。しかし、西欧でこの繋がりが見えないのは、いわゆる民主的社会が現在のプラハよりもカフカ的でないからだけではない。それはまた、こちらでは人々が現実感覚を致命的に失っているからだと私には思われる。というのも、いわゆる民主的社会もやはり個人を非人格化し、社会を官僚化する過程《プロセス》を経験しているのであり、地球全体がこの過程の舞台になっているのだからである。カフカの小説はその夢幻的で想像的な誇張であり、全体主義国家はその散文的で物質的な誇張なのだ。

しかし、このような趨勢は〈歴史〉の舞台にはまだ登場せず、彼の死後になってやっとひどく明白で荒々しい形で現れたにすぎないというのに、なぜカフカがそれを捉えた最初の小説家だったのだろうか？

4

様々な韜晦《とうかい》や伝説を真に受けるのでなければ、フランツ・カフカの政治的関心を示すいかなる重要な痕跡もない。この意味で彼は、マックス・ブロート、フランツ・ヴェルフェル、エゴン・エルウィン・キッシュなどといった彼のプラハの友人たちとも、また〈歴史〉の方向《サン》＝意味《ス》を知っていると称し、好んで未来の顔を喚起したがるあらゆる前衛派《アヴァンギャルド》たちともはっきりと異なっていた。

では、いったいどうして彼らの作品ではなく、内向的でみずからの生活と芸術に閉じこもっていた孤独な仲間の作品が、こんにち社会・政治的な予言として感じとられ、その結果、地球の大部分で発禁になるということがありうるのだろうか？

私はある日、古い女友だちの家でちょっとした揉め事に立ち合った後、その謎のことを考えた。この女性は一九五一年のプラハにおけるスターリン裁判のあいだ、みずからは犯していない犯罪のせいで逮捕され、裁判を受けた。もっとも、同時期には多数の共産主義者たちが彼女と同じような状況にあった。彼らはみな生涯ずっと、全面的に〈党〉と一体になっていた。ところが突然この〈党〉が彼らの告発者になったとき、彼らはヨーゼフ・Kに倣って、隠されていた過失を見つけるために、「それぞれの過去のどんな細かなことまでをも検討」し、結局想像上の犯罪を自白してしまった。私の女友だちがみずからの命を救うことができたのは並外れた勇気のおかげであり、彼女の同志たち、詩人Aのように「みずからの過失をさがしはじめる」ことを拒否したからだった。死刑執行者たちに協力することを拒んだ彼女は、最終審という見世物には役に立たなくなった。その結果、絞首刑に処される代わりに、ただ終身禁錮刑にされただけだった。その十五年後、彼女は完全に名誉回復されて釈放された。

彼女が逮捕されたとき、息子は一歳だった。だから出獄し、再会したときには十六歳になっていた。そして彼女は息子とふたりきりで慎ましく暮らすことが幸せで、息子に激しい愛着をおぼえたとしても、これほど理解できることはまたとない。彼女の息子が二十六歳になったある日、私はふたりに会いに行った。母親は傷つけられ、苛立って泣いていた。原因はまったく取るに足らないことで、その朝息子が起きるのが遅すぎたとか、まあ、そんな程度のことだった。私は母親に、「なんでそんなつまらないことで怒ったりするの？　それが泣くほどのことなのか？　すこし大げさだよ！」

息子が母親に代わって答えた。「いや、母は大げさなんかじゃないですよ。母は勇敢で優れた女性です。みんなが失敗したところで、なんとか耐えぬくことができたんですから。母はぼくに真っ当な人間になってほしいのです。たしかにぼくは起きるのが遅すぎましたが、母が責めているのはそれよりもっと根本的なことなんです。ぼくの態度、自己中心的な態度を責めているんですよ。ぼくとしては母が望むとおりの人間になりたいのです。だから、あなたのまえでそう母に約束します。」

〈党〉が母親にたいしてけっしてなしえなかったことを、母親が息子にたいしてなしえたのである。彼女は息子に馬鹿げた告発と一体化し、「じぶんの過失をさがさせ」て、公的に自白せざるをえなくさせたのだった。私は啞然としながら、そのミニ・スターリン裁判の光景を眺め、一挙にこう理解した。(一見して信じがたく、非人間的な)大きな歴史的出来事の内部で機能する心理的な機制は、(まったく平凡で、すこぶる人間的な)内的状況を統べている機制と同じものなのだ、と。

5

カフカが父親に書いたものの、結局送らなかった有名な手紙が示すところによれば、彼がその後の小説の大きなテーマの一つとなった有罪化の技法を知ったのは家族から、子供と両親の神格化された権力との関係からだった。作者の家族的経験と密接に結びついている短編「判決」では、父親が息子を非難して溺死することを命じる。息子はその虚構の有罪を受け容れて従順に川に身を投ずるが、この従順さはやがて、彼の後継者たるヨーゼフ・Kが謎めいた組織によって告発され、喉を掻き切られに行くのと同様である。このふたつの告発、ふたつの有罪化、ふたつの処刑の類似は暗に、カフカの作品における家族的な内的「全体主義」と大きな社会的ヴィジョンをつなぐ連続性を仄めかすものである。

全体主義社会、とりわけその極端な変形《ヴァージョン》は、公的なものと私的なものとの境界を廃絶する傾向を見せる。ますます不透明になる権力によって、市民の生活がこのうえもなく透明になることが求められる。秘密のない生活というこの理想に、模範的な家族という理想が対応するのである。つまり、ひとりの市民が〈党〉や国家にたいして、なんであれ何かを隠す権利がないのは、子供が父親や母親にたいして秘密をもつ権利がないのと同じだというわけである。全体主義社会はその宣伝において牧歌的な微笑を見せびらかしつつ、「ただ一つの大家族」として現れようとするのだ。

カフカの小説が共同体と人間的接触への熱烈な願望を表現しているとよく言われ、『城』のKのような根なし草の人間にはただ一つ、みずからの孤独という呪いを乗り越える目的しかないとされる。ところが、このような説明は紋切り型で、意味の矮小であるばかりか、誤読でもある。

測量士Kは人々と人々の温もりを発見しようとしているのではまったくなく、サルトルのオレスト〔戯曲『蠅』の主人公〕のように「人間の中の人間」になりたいわけではない。彼が受け容れてもらいたいのは共同体ではなくて制度によってなのであり、そこに到達するためには高い代償を払わねばならない。つまり、孤独を断念しなければならないのだ。そしてこれが彼の地獄になる。彼はけっしてひとりにはなれず、城から派遣されたふたりの助手がたえずつきまとう。彼らは居酒屋のカウンターの上にすわって、上方からKとフリーダの最初の性交に立ち合い、これ以後というものふたりのベッドから立ち去ることはないのだ。

いや、孤独という呪いではなく、侵害された孤独こそがカフカの強迫観念なのだ！『アメリカ』のカール・ロスマンはたえずみんなに邪魔される。衣類は誰かに売られるし、両親のたった一枚の写真も奪われる。共同寝室の彼のベッド脇では、少年たちがボクシングをして、ときどき彼の上に倒れてくる。ふたりの不良、ロビンソンとデラマルシュは彼らの家でいっしょに暮らすことを強要し、その結果、眠っていても太っちょのブルネルダの溜息が鳴りひびいてくるのである。

ヨーゼフ・Kの物語が始まるのもまた私生活の侵犯によってである。見知らぬふたりの紳士がベッドにいる彼を逮捕しにやってくる。この日からというもの、彼はもうじぶんがひとりだと感じられなくなる。裁判所の係員が彼の後をつけ、観察し、話しかけてくる。彼の私生活は徐々に消えていき、彼を追いつめる謎の組織に呑みこまれてしまう。秘密の廃止や私生活の透明化を好んで説く抒情的な心の持ち主たちは、それらが開始される過程には気づいていない。全体主義の出発点は『審判』の出発点に似ているのだ。誰かが不意に私たちの寝込みを襲い、父親や母親がそうするのを好むように、私たちのベッドにまでやってくるのである。

カフカの小説が作者のもっとも個人的で私的な葛藤の投影なのか、それとも客観的な「社会機構」の描写なのかということがよく問題にされる。
カフカ的なものは私的な領域にも、公的な領域にも限定されず、両者をともに含んでいる。公的なものが私的なものの鏡であり、私的なものが公的なものを映し出すのである。

6

私はカフカ的なものを産み出すミクロ社会的な実態を語ることによって、ただ家族のことだけではなく、カフカが成人後の全生涯を過ごした組織、つまり役所のことを考えている。

カフカの主人公たちが知識人のアレゴリー的な投影だと解釈されることがよくあるが、グレゴール・ザムザには知識人的なところはなんら見られない。彼がゴキブリに変身して目覚めたとき、彼の気がかりはただ一つ、こんな状態になった今、いったいどうしたら遅刻せずに会社に着けるのだろうか？ということなのだ。彼の頭には、職業柄すっかり身についてしまった服従と規律しかない。彼は一介の勤め人、役人であり、カフカのすべての登場人物は役人なのである。ただ役人といっても、（ゾラの場合のように）社会学的な類型としてではなく、人間の一つの可能性、基本的な有り様として考えられた役人である。

役人の官僚的世界には、第一に率先、創意、行動の自由はない。それはただ命令と規則があるだけの服従の世界だ。

第二に、役人は大きな行政活動のほんの一部を実行するだけであり、その目的や範囲が摑めない。それは動作が機械的になった世界であり、人々はじぶんたちがやっていることの意味を知らない。

第三に、役人は無名の人間と書類にしか関わらず、それは抽象の世界である。唯一の人間的な冒険が役所から別の役所に赴くことにされてしまう、このような服従、機械的な行為、抽象の世界の中に小説を位置づけること、これは叙事的なポエジーの本質に反することのように見える。そこからこんな疑問が生じる。カフカはどのようにしてこのような陰鬱で反詩的な素材を魅惑的な小説に変えることができたのか？

その答えはミレナに当てて書いた手紙の中に見ることができる。「役所というものは愚かな制度ではありません。愚かというよりも、むしろ幻想的なものに属しているのです」。この文句はカフカの最高の秘密の一つを隠しているのであり、彼は誰も見ることができなかったものを見ることができたのだ。すなわち人間、人間の状況と未来にとっての官僚的現象の決定的な重要性だけではなく、（これはさらに驚くべきことだが）役所というものの幻想的な性格の中に含まれる詩的潜在性を見ることができたのである。

しかし、役所が幻想的なものに属すというのは、いったいどういうことなのだろうか？

あのプラハの技師ならそれを理解できるかもしれない。彼はじぶんの書類の間違いによってロンドンに投影され、その結果、まぎれもない亡霊となって、失われた肉体を求めてプラハをさ迷った。これにたいして彼が訪れた役所は、未知の神話から出てきたような果てしのない迷路のように思われたのだった。

官僚的世界の中に認めることができた幻想的なもののおかげで、カフカは彼以前には考えられないと思われていたこと、すなわち根本的に反詩的な素材、つまり極端に官僚化された社会という素材を小説的な偉大なポエジーに変え、極端に平凡な話、つまり約束された職場を得ることができない男の話（これがじっさい『城』の話だ）を神話、叙事詩、前代未聞の美に変えることができたのだ。

役所という背景を一つの世界という巨大な次元に拡大してみせたあと、カフカはそうと気づくことさえないまま、じぶんがけっして知ることがなかった現在のプラハの人々の社会との類似によって私たちを魅惑するイメージに到達したのだった。

じっさい、全体主義国家とは唯一の膨大な行政機構に他ならず、そこではあらゆる仕事が国家化されているので、あらゆる職業の人々が職員になってしまう。もはや労働者が労働者ではなく、裁判官が裁判官ではなく、商人が商人ではなく、神父が神父ではなくなって、みんなが国家公務員になってしまう。「私は裁判所の者なのだ」と司祭が大聖堂の中でヨーゼフ・Kに言う。カフカにおいては、弁護士たちも裁判所に仕えているわけだが、現在のプラハの人間はそんなことでは驚かない。彼はKよりもまともには弁護されないのだ。彼の弁護士たちもまた、被告の役に立つのではなく、裁判所に仕えているからである。

7

チェコの偉大な詩人は、なかば子供じみた単純さで、このうえなく深刻で複雑なものを探っている百の四行詩の連作の中でこう書いている。

詩人たちは勝手に詩を作り出すのではない
詩はその後ろのどこかに、
遠い、遠い昔から存在しているのだ
詩人はただその詩を見つけるだけだ

したがって詩人にとって書くとは、その後ろの影の中になにか不変のもの（「詩」）が隠されている仕切り壁を打ち砕くということを意味する。だからこそ、（この驚くべき不意の開示のおかげで）、「詩」はまず眩惑として私たちの前に立ち現れてくるのである。

私が初めて『城』を読んだのは十四歳のときだったが、そこに含まれている広範な認識（カフカ的なものの現実の全射程）を当時は理解できなかった。にもかかわらず、この本にあのときほど心を奪われることはもう二度とないだろう。つまり私は眩惑されたのである。

のちになって、私の視覚は「詩」の光に慣れていき、じぶんを眩惑したものの中にみずからの経験を見はじめたが、あの光はつねにそこにある。

不変のものである「詩」は「遠い、遠い昔から」私たちを待っている、とヤン・スカーツェルは言う。ところが、絶えず変化する世界にあって、不変のものとはたんなる錯覚ではないだろうか？

いや、ちがう。どんな状況であれ、それは人間が作りなしたものであり、そこには人間の中にあるものしか見えない。したがって、状況（状況とそのすべての形而上的考察）は、人間の可能性として、「遠い、遠い昔から」存在していたと想像できるのだ。

しかしこの場合、詩人にとって〈歴史〉(不変でないもの)はなにを体現しているのだろうか?

奇妙なことだが、詩人の眼には〈歴史〉が詩人自身の位置とパラレルな位置にあると見える。つまりそれは何かを勝手に作り出すのではなく、見つけるのである。〈歴史〉は前代未聞の様々な状況によって、人間とはどういうものか、「遠い、遠い昔から」人間の中に何があるのか、人間の可能性とは何かを明らかにするのだ。

もし「詩」がすでにそこにあるなら、詩人に予見の能力を与えるのは理屈に合わないことになるだろう。いや、ちがう。詩人は人間の可能性の一つ(「遠い、遠い昔から」すでにそこにある「詩」)を「ただ見つける」だけなのであり、〈歴史〉もまた、いつの日かその可能性を見つけることになるだろう。

カフカは予言などしなかった。彼はただ「その後ろにあった」ものを見ただけなのだ。彼はじぶんが見たものが予-見でもあったことを知らず、社会組織の仮面を剝ぎ取ろうとするつもりなどなかった。彼は人間の内的なミクロ社会の経験知によって知った機制を明らかにしたのであって、〈歴史〉ののちの進展によってそれが大舞台で始動することになろうなどとは思ってもみなかったのである。

催眠にかけるような権力の眼差し、みずからの過失の絶望的な探索、排除と排除される不安、刑罰に近い順応主義、現実の幽霊的な性格と書類の魔術的な現実、私生活の絶えざる侵害など、このように〈歴史〉が巨大な試験管の中で人間を相手におこなった実験のすべてを、カフカはその小説の中で(じっさいよりも何年も前に)おこなってみせたのだった。

全体主義国家の現実的世界とカフカの「詩」との出会いは、これからもなにかしら神秘的な性格を失わないだろうが、それは詩人の行為がその本質そのものによって計算不可能で、逆説的であることをずっと示すだろう。カフカの小説の社会的、政治的、「予言的」な途方もない射程はまさしく、この小説の「非‐参加」、言い換えればあらゆる政治的綱領、イデオロギー的概念、未来学的予測からの完全な自立性のうちにこそあるのだから。

じっさい、もし詩人が「その後ろのどこかに」隠されている「詩」をさがそうとせずに、あらかじめ知られている真実(みずから立ち現れて、「その前にある」真実)に仕えようと「参加」するなら、その結果として、ポエジーという固有の任務を断念することになるだろう。だから、あらかじめ受け容れられた真実が革命もしくは反体制、キリスト教的信仰もしくは無神論と呼ばれようが、正しかろうがそれほど正しくなかろうが、たいして重要なことではないのだ。見つけるべき（眩惑としての）真実以外の真実に仕える詩人は似非詩人である。

私がカフカの遺産にじつに熱烈に執着し、それを個人的な遺産として擁護するのは、真似のできないものの真似をする（そしてもう一度カフカ的なものを見つける）のが有益だと信じるからでなく、小説（小説がそうであるところのポエジー）の根本的な自立性という素晴らしい事例のゆえである。カフカはそのおかげで（今世紀に明らかになったような）私たちの人間的状況について、どんな社会学的もしくは政治学的な考察も私たちに語りえないことを語ったのである。

第六部　六十九語

一九六八年と六九年のあいだ、『冗談』は西欧のあらゆる言語に翻訳された。だが、何という驚き！　フランスでは、翻訳者が私の文体を装飾過多にすることによって小説を書き替えていた。イギリスでは、編集者が考察の部分を切断し、音楽を論じている章を削除し、部の順番を変えて、小説を再構成していた。別の国では、翻訳者に出会ったが、彼はただの一語もチェコ語を知らなかった。「どうやって翻訳したのですか？」と尋ねると、彼は「心で、ですよ」と答えて、財布から私の写真を取りだして見せた。彼にはじつに好感がもてたので、私は危うく心のテレパシーによって本当に翻訳することができると信じそうになったものだ。もちろん、事実はもっと簡単で、彼はフランス語の翻案から重訳したのだが、これはアルゼンチンの翻訳者の場合と同じだった。また別の国では、チェコ語から翻訳されたものの、その本を開いてみると、たまたまヘレナのモノローグのところだった。原文ではそれぞれ一つのパラグラフになっている長い文が多数の短文にされていたのである……。『冗談』の翻訳によって引き起こされたショックはいつまでも私の記憶に焼きついた。事実上もはやチェコの読者がいないも同然になった私にとって、翻訳がすべてなのだからなおのことそうだった。だから数年前、私はついにじぶんの本の外国語版を少しはましなものにしようと決心した。そのためにいろいろ軋轢があったし、みずからも疲労した。私が解する三、四の外国語で新旧の自作の小説を読み、チェックし、手直しすることが私の人生の一時期全体を占めることになったのだ……。

自作の小説の翻訳を精いっぱい見張ろうとする作者は、野性の羊の群れを追う羊飼いさながら、無数の言葉の後を追うことになる。これは本人には悲しく、他人には笑うべき姿である。推測するに、私の友人で、雑誌《ル・デバ》の編集長ピエール・ノラはそんな悲しくも喜劇的な羊飼い的人生をよく分かってくれたのだろう、ある日、同情を隠しきれない顔でこう言った。「もういいかげんにそんな心労など忘れて、うちの雑誌に何か書いたらいいじゃないか。翻訳のせいで、きみはじぶんの言葉を一つひとつ考え直してみなければならなかったんだろう。それなら、きみの個人的な辞書を書いたらいいじゃないか。きみの小説の辞書。きみにとって鍵になる言葉、問題となる言葉、好きな言葉の辞書をね……」

そんなわけで以下のことが書かれた。

アフォリズム aphorisme　「定義」を意味するギリシャ語 aphorismos に由来。アフォリズムとはすなわち定義の詩的な形式。（「定義 définition」の項を参照）

美 beauté（および認識 connaissance）　ブロッホとともに、認識だけが小説のモラルだと言う者たちは、あまりにも諸科学との関係に巻きこまれている「認識」という言葉の金属的な後光によって裏切られる。だから、こう付け加えねばならない。小説が発見する実存のすべての側面は美として発見される、と。初期の小説家たちは冒険を発見した。あるがままの冒険が美しく思われるようになり、私たちが冒険を欲するのは彼らのおかげなのだ。カフカは悲劇的な形で罠にはまった人間の状況を描いた。かつてカフカ学者たちは、この作者が私たちに希望をあたえるか否かについて、さんざん議論したものだった。いや、ここには希望はなく、別のものがあるのだ。カフカはこのような生きづらい状況さえも奇怪で、暗黒の美として発見しているのである。美とは、もはや希望がなくなった人間に可能な最後の勝利のことだ。芸術における美とは、不意に輝き出す、かつて言われたことのないものの光であり、時間は偉大な小説から発するこの光を暗くすることはできない。というのも、人間の実存はたえず人間によって忘れられるので、たとえいかに古いものだろうと、小説家たちの発見は私たちを驚かすことをけっしてやめないからだ。

青味がかった bleuté　他のいかなる色も優しさのこのような言語的形態を知らない。ノヴァーリスの言葉、「非-存在のように優しく青味がかった死」。（『笑いと忘却の書』（第六部「天使たち」12））

活字 caractères　書物はだんだん小さな活字で印刷されるようになっている。私は文学の終焉をこう想像する。誰も気づかないうちに、文字が徐々に縮小され、やがて完全に見えなくなってしまうというものだ。

帽子 chapeau　魔術的な物。私は一つの夢を思い出す。十歳の少年が頭に黒く大きな帽子をかぶって池の縁にいる。彼は水に身を投げる。水死した彼が引きあげられるが、あいかわらずその黒い帽子を頭にかぶっている。

わが家 chez-soi　（チェコ語の）domov、（ドイツ語の）das Heim、（英語の）home とは、私が根をもち、私が属している場所という意味である。その地形的限界は心の決定によってしか定められず、それはたった一つの部屋でも、一つの風景でも、一つの国でも、一つの世界でもありうる。ドイツ古典哲学の das Heim とは古代ギリシャ世界のことだ。チェコの国歌は「わが domov はいずこにある？」という歌詞によって始まる。これをフランス語に訳すと、「わが祖国 patrie はいずこにある？」となるが、祖国は別のものであり、domov の政治的、国家的な翻訳である。祖国は誇らしい言葉だが、das Heim は感傷的な言葉なのだ。フランス語（フランス的な感性）は、祖国と家庭（私のものである具体的な家）のあいだに欠落を認めている。その欠落を埋めることができるのはただ、わが家に堂々たる言葉の重みをあたえるときだけなのである。（「連禱 litanie」の項を参照）

協力者 collabo　つねに新しい歴史的な状況によって人間の恒常的な可能性が明るみに出され、私たちはそれに名をあたえることができるようになる。たとえば、対ナチズム戦争のあいだ、協力者という言葉は新しい意味を獲得し、志願して汚らわしい権力に仕える人間ということになった。これは根本的な概念だ！　いったいどうして人類は一九四四年までこの言葉なしにすませることができたのだろうか？　いったん言葉が見つけられると、人間の活動には協力という性格があることが徐々に気づかれるようになる。マスメディアの喧噪、広告の愚かしい微笑、自然の忘却、美徳の地位にまで高められた不作法を称揚する者たちすべてを、現代的なものの協力者と呼ぶべきだ。

喜劇的なもの comique　悲劇的なものは人間の偉大さという美しい幻想を差しだすことによって私たちに慰めをもたらす。喜劇的なものはそれよりも残酷であって、容赦なくあらゆるものの無意味さを暴露する。私はあらゆる人間的な事象がそれなりに喜劇的な側面を含んでいると想定するが、この側面はある場合には認められ、受け容れられ、活用され、別の場合にはそっと隠される。喜劇的なものの真の天才とは、もっとも人を笑わせる者たちではなく、喜劇的なものの未知の地帯を明らかにする者たちのことだ。〈歴史〉はつねにひたすら真面目な領域だと見なされてきた。ところが、〈歴史〉には未知の喜劇的なところがあるのであり、これは（受け容れるのが困難な）性に喜劇的なところがあるのと同じである。

黄昏 crépuscule（および自転車乗り vélocipédiste）「……自転車乗り（この言葉は黄昏という言葉と同じくらい彼には美しく思われた）……」（『生は彼方に』〔第三部13〕）。このふたつの名詞が魔術的に思われるのは、遠い昔からやってくる言葉だからだ。crepusculum はオウィディウスにとって大切な言葉であり、vélocipède〔ペダル式自転車〕は技術時代の遠く素朴な初期から私たちのところにやってきている言葉である。

定義 définition　小説の思索的な枠組みはいくつかの抽象的な言葉の鉄骨によって支えられている。みんなが何も理解していないのにすべてが分かったと思うような波の中に落ちこみたくなければ、私はそれらの言葉をきわめて厳密に選ぶだけでなく、それらを定義し、再定義しなければならない（「運命 déstin」「境界 frontière」「青春時代 jeunesse」「軽さ légèreté」「抒情 lyrisme」「裏切る trahir」の項を参照）。小説とはしばしば、逃れ去るいくつかの定義の長い追求でしかないと思われる。

運命 destin　私たちの人生像が人生そのものから離れてひとり歩きし、その像が徐々に私たちを支配するときがやってくる。「……人間の運命の最終審に委託されたじぶんの人物像を修正するどんな手立てもない。その人物像が(どれほど実物と似ていなくても)私自身よりはるかに現実のものであり、私の影ではいささかもなくて、この私こそがその人物像の影だったということ、じぶんに似ていないからといってその人物像を責めることなど私にはとうていできず、似ていないのは私が悪いからだということが分かった」。(『冗談』〔第三部5章〕)

そして『笑いと忘却の書』にはこうある。「運命はミレックのために(彼の幸福、安全、機嫌、健康などのために)小指一本も動かしてくれはしない。だが、ミレックのほうはじぶんの運命(運命の偉大さ、明快さ、美しさ、独自の様式、それに明瞭な意味)のためになんでもしてやろうという覚悟をしていた。彼はじぶんの運命に責任があると感じていたが、彼の運命のほうは彼に責任があるなどとは感じていないのであった」〔第一部7〕。ミレックとは逆に、(『生は彼方に』〔第六部〕の)快楽主義者の四十男は、「彼の非-運命という牧歌」に執着している(「牧歌 idylle」の項を参照)。じっさい、快楽主義者はじぶんの人生が運命に変わることから身を守る。運命は私たちの生命力を吸い取り、私たちの重荷となり、まるで私たちの踝《くるぶし》につけられた鉄の足枷のようになる(ついでながら、この四十男は私のすべての登場人物たちのうち私にもっとも近しい人物だ)。

エリート主義 élitisme　エリート主義という言葉がフランスに登場するのは一九六七年でしかなく、エリート主義者 élitiste という言葉はやっと一九六八年にすぎない。歴史上初めて、言語そのものがエリート élite という概念に、軽蔑ではないにしろ、否定の光を投げかけたのだ。

共産主義諸国においては、同じ時期に公式のプロパガンダがエリート主義とエリート主義者とを猛烈に非難し始めた。この言葉によって標的にされていたのは企業主、有名スポーツ選手もしくは政治家でなく、もっぱら哲学者、作家、教授、歴史家、映画人および演劇人などの文化的エリートだった。

驚くべき時代の符合。このことは、全ヨーロッパで文化的エリートはその位置を他のエリートたちに譲りつつあるのだと考えさせる。向こう側では警察機構のエリートに、こちら側ではマスメディア機関のエリートに。だが、誰ひとりとして、これらの新しいエリートたちのことをエリート主義だといって非難しない。その結果、エリート主義と

いう言葉はいずれ忘れ去られることになるだろう。(「ヨーロッパ Europe」の項を参照)

埋葬する ensevelir　一つの単語の美はそのシラブルの音声的な調和ではなく、その響きが呼びさます意味論的な連合にある。ピアノを叩いて出てくる一つの楽音には様々な倍音が伴うが、人がその倍音に気づかなくても、それは楽音とともに鳴っている。同じように、どの単語も眼に見えぬ一連の単語に囲まれていて、ほとんど知覚できないけれども、共鳴しているのである。

一例。埋葬する ensevelir という単語は慈悲深くも、もっとも恐ろしい行為からそのひどく物質的な側面を取り除いているように思われる。それは語根(sevel)が私には何も思いおこさせないのに、単語の響きに私を夢みさせるものがあるからだ。sève(樹液)-soie(絹)-Ève(イヴ)-Eveline(エヴリーヌ〔女子名〕)-velours(ビロード)。つまり、それが絹とビロードで覆われるのだ。(「怠惰 oisiveté」「長ったらしい sempiternel」の項を参照)

ヨーロッパ Europe　中世には、ヨーロッパの統一性は共通の宗教に基礎を置いていた。

近代になると、宗教はその地位を文化（芸術、文学、哲学）に明け渡し、文化はヨーロッパ人がみずからを確認し、規定し、同定する最高の諸価値の実現になった。ところが現在、今度は文化がその地位を明け渡そうとしている。しかし、何に、誰に？　ヨーロッパを統一できる最高の諸価値が実現されるのはどんな領域なのか？　科学技術の偉業か？　市場か？　デモクラシーの理想、寛容の原則を掲げる政治か？　しかし、もしこの寛容がどんな豊饒な創造も、どんな強力な思想も保護しないなら、それは空虚で無益なものになるのではないか？　あるいは、文化の責任放棄を、喜々として身を委ねるべき一種の解放と解することができるのだろうか？　私には分からない。ただ、文化がその地位を明け渡したことを知っていると信じるだけだ。その結果、ヨーロッパの自己同一性《アイデンティティ》のイメージは過去の中に遠ざかっていく。ヨーロッパ人とはすなわちヨーロッパに郷愁をいだく者のことである。

中央ヨーロッパ Europe centrale　十七世紀、バロックの絶大な力が、境界が流動的で確定しがたく、多国的、したがって多中心的なこの地域にある種の文化的統一性を押しつけていた。バロック的カトリック主義の時代遅れの影が十八世紀までつづいたが、ひとりのヴォルテールも、ひとりのフィールディングも出てこなかった。諸芸術の序列では音楽が一番目の地位を占め、ハイドン以後（そしてシェーンベルクやバルトークまで）音楽の重心はここにあった。十九世紀は何人かの偉大な詩人がいたが、ひとりのフローベールもいず、ビーダーマイヤー（十九世紀前半、ドイツ、オーストリアを中心に流行した、馴染みやすく日常的なものに目を向ける市民文化の総称）の精神、すなわち現実にかぶせられる牧歌のヴェールの時代だった。二十世紀になって反抗が起こる。最高の精神の持ち主たち（フロイト、小説家たち）が何世紀にもわたって認められず、知られていなかったもの、すなわち欺瞞を暴く理性的な明晰さ、現実感覚、小説などを再評価した。彼らの反抗は反理性的、反現実的、抒情的なフランス的モダニズムの反抗のまさしく対極に位置していた（このことが多くの誤解を生むことになる）。カフカ、ハシェク、ムージル、ブロッホ、ゴンブロヴィッチら中央ヨーロッパの大小説家たち一団のロマン主義への嫌悪。前バルザック的小説およびリベルタン的精神への愛（ブロッホはキッチュを啓蒙の世紀に反対する一夫一妻的ピューリタニズムの陰謀と解している）。〈歴史〉と未来礼賛への不信。前衛という幻想の外部にあるモダニズム。

オーストリア＝ハンガリー帝国が解体し、やがて一九四五年以降、オーストリアは文化的に脇に追いやられ、他の諸国は政治的には存在しないも同然になり、中央ヨーロッパは全ヨーロッパのありうる運命を予め映す鏡、黄昏の実験室になった。

中央ヨーロッパ Europe centrale（およびヨーロッパ Europe）　ある編集者が裏表紙の書籍紹介文でブロッホをホフマンスタール、ズヴェーヴォといったきわめて中央ヨーロッパ的なコンテクストに位置付けようとした。ブロッホは抗議した。どうせ誰かと比較したいというなら、ジッドやジョイスにしてくれと！　このことによって彼は、じぶんの「中央ヨーロッパ性」を否認したかったのだろうか？　いや、彼はただ、ある作品の意味や価値を把握する場合には、国民的、地域的なコンテクストはなんの役にも立たないと言いたかっただけなのだ。

境界 frontière　「ほんのちょっとしたこと、ごくごくささいなことで境界の向こう側に行ってしまい、その向こう側では、愛も、信念も、信仰も、〈歴史〉も、もうなにもかも意味がなくなってしまう。人間の生活の謎のすべては、それがその境界すれすれのところで、そしてその境界とじかに接したところでさえ繰り広げられているのだという事実、それから人間の生活はその境界と何キロも離れているんではなくて、ほんの一ミリかどうかってところで営まれているという事実にあるんだわ……」。(『笑いと忘却の書』〈第七部6〉)

著述マニア graphomanie　これは「手紙、日記、家族の年代記などを書く(つまりじぶん、もしくはじぶんの家族のために書く)という欲望のことではなく、本を書く(したがって不特定多数の読者を持つ)という欲望のことである」(『笑いと忘却の書』〈第四部9〉)。一つの形式を創造するのではなく、おのれの自我を他者におしつけようとする偏執なのだ。権力への意志のもっともグロテスクな変形《ヴァージョン》。

思想 idées　作品をその思想に還元してしまう者たちにたいして私がおぼえる嫌悪感。「思想論争」と呼ばれるものにじぶんが巻きこまれる恐怖感。思想ばかりに取りつかれ、作品に無関心になっている時代によってあたえられる絶望感。

牧歌 idylle　フランスではめったに用いられないが、ヘーゲル、ゲーテ、シラーたちにとっては重要な概念で、最初の葛藤以前、もしくは葛藤の外部の、あるいは葛藤がただ誤解でしかなく、したがって偽りの葛藤である状態のことを言う。「四十男の愛情生活はきわめて多彩だったけれども、心の底では牧歌的なところがあって……」(『生は彼方に』〔第六部7〕)。性愛の冒険と牧歌とを和解させることは快楽主義の本質そのものだが、また快楽主義の理想が人間には近づきがたい理由でもある。

想像力 imagination　子供の島にいるタミナの話(『笑いと忘却の書』第六部)によって何を言いたかったのですか、と尋ねられる。私はあの話をまず夢に見て心を奪われた。それから覚醒状態のときにふたたび夢想し、書きながらそれを広げ、掘りさげた。その意味? なんなら幼児支配の未来の夢幻的なイメージだと言ってよい(「幼児支配 infantocratie」の項を参照)。とはいえ、この意味は夢に先立っていたのではなく、夢のほうが意味に先立っていたのだ。だからこの物語は想像力に身を任せながら読まねばならない。間違っても解読すべき判じ物としてではない。カフカ学者たちはカフカを解読しようと努めることによってカフカを殺したのだ。

未経験 inexpérience　『存在の耐えられない軽さ』の最初の表題は「未経験の惑星」だった。人間の宿命の特質としての未経験。私たちは一回かぎりで生まれ、前の人生から得た経験をもって新たに別の人生を始めることはけっしてできないだろう。人は若さのなんたるかを知らずに幼年時代を終え、結婚とはどういうことかを知らずに結婚し、老境にはいるときでさえ、じぶんがどこに向かうのかを知らない。つまり、老人とはみずからの老境には責任がない子供のことだ。この意味では、人間の世界は未経験の惑星だと言える。

幼児支配 infantocratie　「オートバイ乗りが腕と足を丸め、ひと気のない街路を突っ走っていた。その顔はじぶんのわめき声をこのうえなく大切だと思っている子供の真剣さを示していた」(ムージル『特性のない男』)。子供の真剣さとは技術時代の顔であり、幼児支配とは人類に押しつけられる子供の理想のことだ。

インタビュー interview　(1)インタビュアーは相手には関心がなく、じぶんに関心がある質問をする。(2)本人の回答はインタビュアーに都合がいいものしか活かされない。

(3)インタビュアーはその回答をじぶんの語彙、じぶんの考え方に翻訳する。彼はアメリカのジャーナリズムに倣って、じぶんが言わせたことを相手に確認してもらおうとさえしない。インタビューが掲載される。当人はこうじぶんを慰める。こんなもの早く忘れてもらいたい！と。だが、まったくそうはならない。やがて引用されるのだ！　このうえなく良心的な学者までもがもはや、作家が書き、署名した言葉と伝えられた言葉の区別をしないのだ。(歴史的な前例はグスタフ・ヤノーホの『カフカとの対話』で、これはカフカ学者にとって引用の尽きせぬ源泉となっている。)　一九八五年六月、私はもう二度とインタビューには応じないと断固決意した。ただし、私が共同で書き、著作権を伴っている対談は別である。この時点以後、伝えられる私のどんな言葉も偽りだと見なされるべきである。

イロニー ironie　だれが正しく、だれが間違っているのか？　エンマ・ボヴァリーは不愉快な女性なのか？　あるいは、勇敢で感動的な女性なのか？　またヴェルテルはどうか？　彼は多感で高邁な青年なのか？　あるいはじぶんにぞっこん惚れこんで、これみよがしに感傷を見せびらかす男性なのか？　小説を注意深く読めば読むほど、答えられなくなってくる。というのも、そもそも小説はイロニーの芸術だからだ。つまり、小説の「真実」とは隠され、明言されず、また明言できないものなのだ。ジョゼフ・コンラッドは『西欧の眼の下に』の中で、ロシアの革命家の女性に、「ラズーモフ、忘れないで、女、子供、そして革命家はイロニーが嫌いなの。イロニーは高潔な素質、信念、献身、行動をぜんぶ否定するからよ」と言わせている。イロニーはひとを苛立たせる。だがそれは、イロニーがひとを愚弄し、攻撃するからではなくて、世界を曖昧なものとして暴きだすことによって、私たちから確信を奪うからなのだ。レオナルド・シャーシャの言葉、「イロニーほど理解しがたく、解読できないものはない」。気取った文体によって小説を「晦渋」にしようとしても無駄である。いくら清澄なものだろうと、小説という言葉に値する小説はそれぞれ、小説と不可分のイロニーによって充分に晦渋なのである。

青春時代 jeunesse 「……じぶん自身にたいする怒り、当時のじぶんの年齢にたいする怒りの波が私を浸してきた。愚かな抒情的年齢にたいする怒りが」。(『冗談』〈第七部1〉)

キッチュ kitsch　『存在の耐えられない軽さ』を書いたとき、私は「キッチュ」という言葉を小説の柱となる言葉の一つにしたことがやや心配だった。じっさいフランスでは、最近になってもまだ、この言葉はほとんど知られていないか、きわめて貧弱な意味で知られているにすぎない。ヘルマン・ブロッホの有名なエッセーの仏訳では、「キッチュ」という言葉は「安物の芸術」と訳されている。誤訳だ。というのも、キッチュはたんに悪趣味な作品とは別なものだとブロッホが明らかにしているからだ。キッチュな態度がある。キッチュな振る舞いがある。「キッチュな人間(Kitschmensch)」のキッチュへの欲求とは、物事を美化する偽りの鏡にじぶんを映し見て、ああ、これこそじぶんだと思って感動し、満足感に浸りたいという欲求のことである。ブロッホにとって、キッチュは歴史的に十九世紀の感傷的なロマン主義と結びついている。ドイツと中央ヨーロッパにおける十九世紀は、他のどこよりもずっとロマン主義的だった(そしてずっと写実主義的でなかった)ために、そこではキッチュが度外れに開花してキッチュという言葉が生まれたのであり、こんにちでもなお人口に膾炙している。プラハの私たちはキッチュこそ芸術の主要な敵だと見ていたが、フランスではそうでない。ここでは、真の芸術が娯楽作品に対置されている。偉大な芸術の対極に、軽く、マイナーな芸術があるのだ。

だが私はアガサ・クリスティの推理小説に不快感を覚えたことなど一度もない！　逆にチャイコフスキー、ラフマニノフ、ピアノのホロヴィッツ、『クレイマー・クレイマー』、『ドクトル・ジバゴ』(ああ、気の毒なパステルナーク！)のようなハリウッドの超大作映画などは心底、本気で嫌っている。そして、形だけモダニズムを装おうとする作品に見られるキッチュの精神にますます苛立っている(付言しておけば、ニーチェがヴィクトール・ユゴーの「小ぎれいな言葉」や「見せかけのマント」に感じた嫌悪は、言葉以前のキッチュへの不快感だった)。

軽さ légèreté　「存在の耐えられない軽さ」を、私はすでに『冗談』で見出している。「私は埃っぽい石畳のうえを歩きながら、じぶんの人生にのしかかる空虚の辛い軽さを感じていた」〔第七部1〕。

また『生は彼方に』には、「ヤロミールは時々恐ろしい夢を見た。夢の中で茶碗、さじ、ペンといった極度に軽い物を持ち上げねばならないのだが、どうしてもできない。物が軽いものであるだけに、彼の弱さはそれだけますます甚だしいものとなる。そして彼は軽さのしたで押しつぶされるのだ」〔第三部3〕

さらに『別れのワルツ』には、「ラスコーリニコフはその犯罪を悲劇のように生き、ついにじぶんの行為の重みに圧し潰されてしまった。ところがヤクブのほうは、じぶんの行為がじつに軽く、なんの重みもなく、じぶんを圧しも潰しもしないことに驚いている。そしてこのような軽さは、あのロシア文学の主人公のヒステリックな感情とは別のかたちで恐ろしいものではないかと思っている」〔五日目18〕。

そして『笑いと忘却の書』には、「胃のなかのこの空っぽこそまさしく、あの耐えがたい重力の不在なのだ。一つの極端があらゆるときにその逆のものに変じてしまうことがあるように、最大限まで高められた軽さは恐るべき軽さの重力になった。タミナには、もうそれ以上一秒でも我慢することができないのがわかった」〔第六部26〕。

私がこのような繰り返しに気づいて唖然としたのは、じぶんの本の翻訳を再読していたときだった。やがて、こうみずからを慰めた。たぶんあらゆる小説家たちは、いろんな変奏を伴う一種の主題(最初の小説)しか書かないのかもしれない、と。

連禱 litanie　反復とは作曲の原則であり、連禱とは音楽になった言葉のことだ。私は小説が考察的な部分においてときどき歌に変わってほしいと願う。以下が『冗談』において、わが家という言葉に基づいて書かれた連禱の一節である。

「……私には、この歌の内側にこそじぶんの出口、原初の刻印、わが家、裏切りはしたものの、だからこそなおさらじぶんのものであるわが家にいるのだと(このうえなく悲痛な嘆きが裏切られたわが家から立ちのぼってくるのだと)思えてきた。しかしそれと同時に、このわが家はこの世のものではないのだとも(だが、この世のものでないとすれば、どんなわが家なのか?)、私たちが歌っているものはすべてもう存在しないものの思い出、記念、想像上の保存にすぎないのだとも理解した。すると、このわが家の土壌が私の足元から崩れ、私はクラリネットを口にあてたまま、何年もの、何世紀もの深みに、(愛が愛であり、苦しみが苦しみである)底なしの深みに滑りおちるのを感じた。そして驚きながら、私の唯一のわが家とはまさしくこの転落、なにかを必死にさがそうとするこの落下なのだと思い、それに、そのめくるめく快楽に身を委ねた」(第七部19)。

フランス語版初訳では、次のように反復がことごとく同義語に置き換えられている。

「……これらの歌謡の懐にいてこそ、私がわが家にいるのであり、じぶんがそこから出てきて、その実体が私の原初のしるし、私の故郷、私の反逆を蒙ったがゆえになおのこと私にふさわしい故郷なのだと(なぜなら、このうえなく悲痛な嘆き声が私たちには値しなかった巣から立ちのぼってくるのだから)と思えてきた。たしかに私は直ちに、それはこの世のものではないと(もしこの世に位置してないのなら、いったいこのねぐらは何なのだろうか?)、私たちの歌とメロディーの実質は思い出、記念碑、もはや存在していない架空の現実の、想像上の残存の厚みでしかないと即座に理解したのも事実だった。私はその故郷の土台盤がじぶんの足元から逃れ去っていくのを感じ、クラリネットに唇を当てたまま滑りおち、幾年、幾世紀もの深淵のなか、底なしの奈落のなかに墜落するじぶんを感じた。私はすっかり驚きながら、この転落、この何かを探すような貪欲な失墜こそがじぶんの唯一の隠れ家なのだと思い、そんな目眩の快楽にすっかり身を任せきった。」

同義語が原文のメロディーのみならず、意味の明確さをも壊してしまっているのだ。

(「反復 répétition」の項を参照)

本 livre　私はいろんな番組で何度も、「私が本の中で言っているように……」という言葉を耳にした。この Li という音節はとても長く、その前の音節より少なくとも一オクターブ高く発音される。

同じ人が「私の町〔ma ville〕の慣わしでは……」と言うとき、maとvilleの間隔はその四分の一になる。

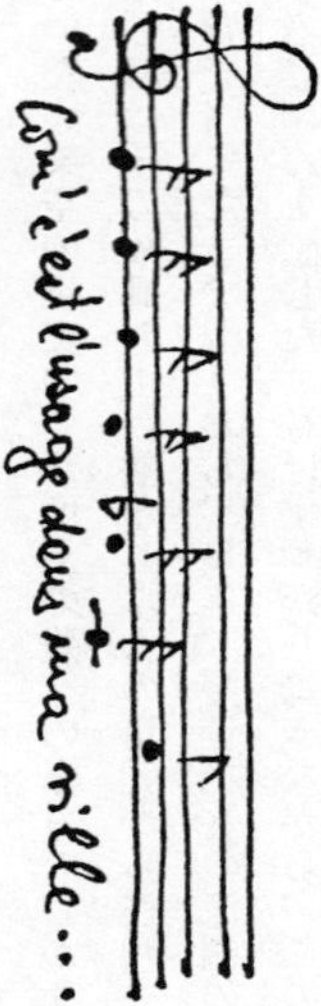

「私の本」とは自己満足の音声的なエレベーターなのだ。(「著述マニア graphomanie」の項を参照)

抒情的 lyrique　『存在の耐えられない軽さ』〔第5部10〕の中で、二つのタイプの猟色家のことが語られている。抒情的な猟色家（彼らはどの女性にもみずからの理想を求める）と叙事的な猟色家（彼らは女たちのうちに女性の世界のかぎりない多様性を求める）だ。これは抒情的なものと叙事的なもの（そして劇的なもの）の古典的な区別、十八世紀の終わり頃になってドイツに現れ、ヘーゲルの『美学』によって見事に展開される区別に対応する。すなわち、抒情的なものとはおのれを告白する主観性の表現であり、叙事的なものは世界の客観性を把握しようという情熱に由来する。私にとっては、抒情的なものと叙事的なものは美的な領域を超えるのであって、それは人間のじぶん自身、世界、他者にたいする二つの可能な態度のことだ（抒情的な年齢＝青春時代）。残念ながら、この抒情的なものと叙事的なものという概念はフランス人にはあまり馴染みがないので、フランス語の翻訳では、抒情的な猟色家はロマンティックな女好き、叙事的な猟色家はリベルタンな女好きになってしまうことに同意せざるをえなかった。解決策としては最良だが、それでも私はいささか悲しくなった。

抒情 lyrisme(および革命 révolution)「抒情とは一つの陶酔であり、人間は酔うことによって普段よりも簡単に世界と交じり合う。革命は人から研究されたり観察されたりするのを望まず、人が革命と一体になってくれることを望む。革命が抒情的であり、抒情が革命にとって必要なのはこの意味においてだ」(『生は彼方に』(第五部2))。「〔あれはただ恐怖の時代だけではなかった。あれはまた抒情の時代でもあったのだ! 詩人たちはその時代、死刑執行人たちとともに君臨していたのだ。〕背後に男たちや女たちを閉じこめていた壁は一面詩句で飾られ、人々はそのまえで踊っていた。いや、とんでもない。あれは死の舞踏などではなかった。あそこでは無邪気が踊っていたのだ。血まみれの微笑と結びついた無邪気が」(『生は彼方に』(第六部2))。

マッチョ macho(および女嫌い mysogyne)マッチョは女らしさが大好きで、じぶんが大好きなものを支配したがる。支配される女性の原型的な女らしさ(母性、生殖能力、弱さ、引きこもりがちな性格、感傷性など)を称揚することで、みずからの男らしさを称揚する。逆に女嫌いの男は女らしさを忌み嫌い、あまりにも女らしい女性たちから逃げだす。マッチョの理想は家族であり、女嫌いの理想は多数の愛人をもつ独身者か、愛する女性と結婚し、子供がいないことだ。

思索 méditation　小説家の三つの可能性。物語を語る（フィールディング）。物語を描く（フローベール）。物語を考える（ムージル）。十九世紀小説の描写は（実証的、科学的な）時代精神と合致していた。小説の基礎に不断の思索を置くことは、考えることをまったく愛さなくなった二十世紀の時代精神に逆行する。

隠喩 métaphore　もしたんなる装飾にすぎないのなら、私はそれが嫌いだ。なお私は「草原のような緑の絨毯」といった紋切り型のことだけではなく、リルケのことも考えている。「彼らの笑い声は化膿した傷から出るように口から漏れでた」。あるいは、「彼の祈りはすでに葉を落とし、枯れた灌木のように口から立ちのぼった」（『マルテ・ラウリス・ブリッゲの手記』）。逆に突然の啓示によって事物、状況、人物の捉えがたい本質を把握する手段として、隠喩はかけがえのないものだと思われる。隠喩＝定義。たとえばブロッホにおける、エッシュの実存的態度のそれ。「彼は曖昧なところのない光を望んでいた。あまりに明るいので、じぶんの孤独を鉄柱のようなその光に縛ることもできる、そんな単純さで世界を創りたかった」(『夢遊の人々』)。私の規則とはこうだ。小説ではごくわずかの隠喩しかもちいないが、しかしその隠喩が小説の頂点でなければならない、というものだ。

女嫌い misogyne　私たちの銘々は誕生のときからひとりの母親とひとりの父親、つまりひとりの女性とひとりの男性に対面している。したがって、このふたつの原型のそれぞれとの、調和あるいは不調和の関係の刻印を受けている。女性恐怖症(女嫌い)は男たちだけでなく女たちのあいだにも見られる。女性恐怖症と同じだけ男性恐怖症(男嫌い)がある(男の原型と不調和のうちに生きている男女がいる)のだ。この態度は人間の条件の異なった、そしてまったく正当な可能性だ。フェミニストたちの善悪二元論《マニケイスム》は一度たりとも男性恐怖症のことを問題にせず、女嫌いをたんなる侮辱に変えてしまった。その結果、興味深い唯一のものなのに、この概念の心理的内容は回避されてしまったのである。

ミューズ嫌い misomuse　芸術にたいするセンスがないからといって、大した問題ではない。プルーストを読まず、シューベルトを聴かなくても、平穏に暮らすことができる。ミューズ嫌いは平穏に暮らすことができない。じぶんを超えるものの存在に屈辱感を覚え、それを憎悪するのだ。大衆的な反ユダヤ主義があるのと同じく、大衆的なミューズ嫌いがある。現代芸術狩りを命じたとき、ファシストおよび共産主義体制はそれをうまく活用するすべを心得ていた。しかし、知的で巧妙なミューズ嫌いもあって、これは美学を超える目的に芸術を従属させることによって芸術に復讐する。政治参加《アンガジェ》した芸術という教義は、芸術を政治の手段とみなす。理論家たちにとって芸術作品とは（精神分析的、意味論的、社会学的等々の）方法の実践の口実にすぎない。民主的なミューズ嫌いとは、審美的価値の最高の審判者としての市場に他ならない。

現代的 moderne（現代芸術 art moderne、現代世界 monde moderne）抒情的な昂揚感を覚えつつ、現代社会と一体化する現代芸術がある。アポリネール。技術の称揚、未来の魅惑。彼と、彼以後のマヤコフスキー、レジェ、未来派、アヴァンギャルドたち。しかし、アポリネールの対極にカフカがいる。人間が途方にくれる迷路としての現代社会。反抒情的、反ロマン主義的、懐疑的、批判的なモダニズム。カフカと、カフカ以後のムージル、ブロッホ、ゴンブロヴィッチ、ベケット、イヨネスコ、フェリーニ……。未来にはいりこむにつれ、反現代的なモダニズムの遺産が偉大になってくる。

現代的 moderne(現代的であること être moderne)「新しい、新しい、新しい、共産主義の星は。この星の外に現代性はない」と、チェコのアヴァンギャルドの偉大な小説家、ヴラディスラフ・ヴァンチュラは一九二〇年頃に書いた。彼の世代全体が現代的になり損ねないために共産党に走った。共産党の歴史的な没落は、それがいたるところで「現代性の外に」あるようになった時に確認されることになった。というのも、ランボーが命じたように「絶対に現代的でなければならない」からだ。現代的であろうとする願望は、一つの原型、私たちの中に深く根を下ろした非合理的な至上命令、内容こそ不安定で未決定だが執拗きわまりない形態なのだ。つまり、みずから現代的だと宣して、そのようなものとして受け容れられるものが現代的だということだ。『フェルディドゥルケ』のムウォージャック夫人は現代性の徴《しるし》の一つとして、「かつてはこっそりと行っていたトイレに無造作に向かう身のこなし」を見せびらかす。ゴンブロヴィッチの『フェルディドゥルケ』は現代的なものの原型の鮮烈な脱神話化だ。

韜晦 mystification　十八世紀フランスのリベルタン的精神が支配する階層の中で登場し、もっぱら喜劇的な効力をもつ瞞着を指すものとして、それ自体が面白可笑しい（「神秘mystère」という言葉から派生した）新語。ディドロが四十七歳のとき、途轍もない悪ふざけを企んで、クロワマール侯爵にひとりの若く不幸な修道女が彼の保護を求めていると信じこませようとした。そして数か月のあいだ、すっかり感動した侯爵に存在しない女性の署名のある手紙を送りつづけた。彼の小説『修道女』はそのような韜晦から生まれた。これがディドロと彼の世紀を愛するもう一つの理由になる。韜晦とはすなわち、世界を真に受けないための積極的な方法なのだ。

非-存在 non-être　「……非-存在のように優しく青味がかった死」（『笑いと忘却の書』第六部12）。これを「虚無のように青味がかった死」と言うことはできない。なぜなら虚無は青味がかっていないから。これは非-存在と虚無がまったく異なったふたつのものだという証拠になる。

卑猥 obscénité　外国語で卑猥な言葉をもちいても、そのようなものとしては感じられない。訛りのある口調で発せられると、卑猥な言葉は喜劇的になるのだ。外国の女性を相手に卑猥になることの困難。卑猥とは私たちを祖国に結びつけるもっとも深い根のことだ。

オクタビオ Octavio　私がこのささやかな辞書を書きつつあったとき、オクタビオ・パスと妻のマリー＝ジョーが暮らしているメキシコの中心部で地震があった。九日間というもの音信不通だった。九月二七日、電話が鳴って、オクタビオからの伝言があった。私は彼の無事を祝して瓶を開けた。そして親しい、じつに親しい彼の名前をこの六十九語の四十三番目とする。

作品 œuvre　「草稿から作品まで、この走行は跪いてなされるもの」という、ヴラジミール・ホランのこの詩句を私は忘れない。だから、〔カフカの〕『フェリーチェへの手紙』と『城』を同列に置くことを拒否する。

怠惰 oisiveté　あらゆる悪徳の母。フランス語でこの言葉の響きがいかにも魅惑的に思えるのはじつに残念だ！　この魅惑は、怠惰の夏の小鳥（l'oiseau d'été de l'oisiveté）といった響き合う音の連合からくる。

作品番号 opus　作曲家たちのすばらしい習慣。彼らはみずから「価値がある」と認める作品にしか番号をあたえず、未熟な時期のもの、その場しのぎに書いたもの、あるいは習作には番号をつけない。ベートーヴェンの番号のない作品、たとえば「サリエリ変奏曲」は本当に出来の悪いものだが、私たちをがっかりさせない。作曲家自身があらかじめ注意を喚起しているからだ。あらゆる芸術家にとっての根本的な問題、それはどの仕事からみずからの「価値がある」作品を開始するかということだ。ヤナーチェクは四十五歳を過ぎてからしかじぶんの独創性を見つけられなかった。それ以前の時期の作品で残されているものを聴くと、私は辛い思いをする。ドビュッシーは死ぬ前にすべての草稿、未完成のままに残したものすべてを破棄した。作者がみずからの作品になしうる最小限の奉仕とは、その周りを掃除しておくことなのだ。

忘却 oubli 「権力にたいする人間の闘いとは忘却にたいする記憶の闘いにほかならない」。登場人物のひとりミレックによって発せられる『笑いと忘却の書』〔第一部2〕のこの文句は、しばしば小説のメッセージとして引用される。それは読者が小説にまず「既知」のものを認めるからだ。この小説の「既知」とはオーウェルの有名なテーマ、全体主義的権力によって課される忘却である。しかし私はミレックの物語の独創性をまったく別のところに見ていた。彼はじぶん(じぶんやじぶんの友人たち、彼らの政治的な闘い)が忘れられないように全力で抵抗しながら、それと同時に他人(彼が恥じている元の恋人)にじぶんを忘れさせようと不可能なことをしている。忘れさせたいという意志は政治の問題になる前に、実存の問題なのだ。人間はじぶんの伝記を書き替えて過去を変え、足跡を、じぶんの足跡も他人の足跡も消去したいという願望をずっと以前から知っている。忘れさせたいという意志は、ごまかそうとするたんなる誘惑とは程遠い。サビナ(『存在の耐えられない軽さ』)は、なんであれ何かを隠すいかなる理由もないのに、それでもじぶんのことを忘れさせたいという、不条理な願望に駆られている。忘却とは、絶対的な不正であると同時に絶対的な慰めのことなのだ。

偽名 pseudonyme　私は作家たちがみずからの身元を隠し、偽名を用いることを法律で強制されるような世界を夢みる。それには次の三つの利点がある。すなわち、著述マニアの劇的な限定、文学界における攻撃性の減少、作品の伝記的解釈の消滅。

考察 réflexion　もっとも翻訳が難しいのは会話、描写ではなく、考察の部分である。絶対的な正確さ(どんな意味論的不正確さも考察を虚偽にしてしまう)、それと同時に美を保つことが求められるのだ。考察の美は考察の詩的形式の中に現れる。私が知っているのは次の三つの形式だ。一、アフォリズム、二、連禱、三、隠喩。(「アフォリズム aphorisme」、「連禱 litanie」、「隠喩 métaphore」の項を参照)。

反復 répétition　ナボコフは、ロシア語原文の『アンナ・カレーニナ』の冒頭には「家」という言葉が六つの文の中に八度出てくるが、これは作者の意図的な工夫だと指摘している。ところが、フランス語訳では一度しか出てこず、チェコ語訳では二度以上は出てこない。同じ本の中で、トルストイが skazal(言った)と書いているいたるところが、翻訳では「発言した」「言い返した」「言葉を継いだ」「叫んだ」「締めくくった」等々となっている。翻訳者は同義語が大好きなのだ(私は同義語という概念そのものを認めない。どの語にも固有の意味があるのだから、意味論的には取り替えられないものなのだ)。パスカルはこう言っている。「ある談話の中に言葉の反復があり、それを直そうとするとき、その言葉があまりにも適切で、直せば談話を損ねてしまいかねないと気づいたなら、そのままにしておくべきだ。それが談話のなによりの証拠なのだから」。語彙の豊富さそれ自体は価値でない。ヘミングウェイにおいては、語彙の限定、同じ節の中の同じ単語の反復こそが文体のメロディーと美しさを作り出している。もっとも美しいフランス語の散文の最初の節には反復の遊戯的な洗練がある。「ぼくは……伯爵夫人を狂おしく愛していた。ぼくは二十歳でうぶだった。彼女はぼくを欺した。ぼくは怒った。彼女はぼくを捨てた。ぼくはうぶだった。ぼくは彼女が忘れられなかった。ぼくは二十歳だった。彼女はぼくを許してくれた。ぼくは二十歳でうぶだったから、いつも欺されていたが、もう捨てられなかったので、じぶんがいちばん愛されている恋人、したがっていちばん幸せな男だと思っていた」(ヴィヴァン・ドゥノン『明日はない』)。(「連禱litanie」の項を参照)

書き替え rewriting　インタビュー、対談、談話集。脚色、映画・テレビ用の脚本等。時代精神としての書き替え。いつの日か、過去の文化全体が完全に書き替えられ、書き替えの背後で完全に忘れられることだろう。

笑い rire(ヨーロッパの européen)　ラブレーにとって、陽気さと喜劇的なものとはまだ一つのものでしかなかった。十八世紀では、スターンとディドロのユーモアがラブレー的な陽気さの優しく懐かしい追憶になる。十九世紀では、ゴーゴリが悲しいユーモア作家になる。「滑稽譚を長々と注意深く見つめていると、それがだんだん悲しくなる」と彼は言っている。ヨーロッパは一時期、みずからの実存の滑稽譚をあまりに長く見つめたために、ラブレーの陽気な滑稽譚が「恐ろしいものと喜劇的なものを区別するものがあまりない」と言っているイヨネスコの絶望的な喜劇に変じてしまった。ヨーロッパの笑いの歴史は終わりに達しようとしている。

小説 roman　作者が実験的な自我(人物)を通して実存のいくつかのテーマをとことん検討する、散文の大形式。

小説 roman(および詩 poésie) 一八五七年、十九世紀のもっとも重要な年。『悪の華』、抒情詩が固有の領域、その本質を発見する。『ボヴァリー夫人』、小説が初めて詩の最高の要請(「何よりも美を探求する」意図、個別の言葉の重要性、テクストの強烈なメロディー、どんな細部にも適用される独創性の至上命令)を引き受ける用意をする。一八五七年以後、小説の歴史はポエジーとなった小説の歴史になるだろう。しかしポエジーの要請を引き受けるとは、小説を抒情化する(小説の本質的なイロニーを断念し、外部の世界から眼をそむけ、小説を個人的な告白に変え、小説を装飾過多にする)こととはまったくちがう。詩人となった小説家のうちもっとも偉大な者たち、フローベール、ジョイス、カフカ、ゴンブロヴィッチらは猛烈に反抒情的だった。小説とはすなわち反抒情的なポエジーのことだ。

小説 roman(ヨーロッパ的 européen) 私がヨーロッパ的と呼ぶ小説とは、近代の黎明期にヨーロッパの南で形成され、その後地理的なヨーロッパを越えて(とりわけ南北アメリカで)その空間を広げていく、それ自体一つの歴史的実体であるもののことを言う。

その形式の豊饒さ、目も眩むほど凝縮された進展の激しさ、社会的役割などによって(ヨーロッパ的音楽と同じく)他のいかなる文明にも類例がない。

小説家 romancier(と作家 écrivain)　私はサルトルの短いエッセー「書くとは何か」を再読する。彼は一度として小説、小説家という言葉を使わず、散文作家についてしか語っていない。正しい区別と言うべきだ。

作家は独創的な思想と模倣しがたい声をもち、(小説をふくむ)どんな形式でも役立てることができる。作家が書くものはすべて、彼の思考の刻印を残し、彼の声によって伝えられる以上は、彼の作品の一部になる。ルソー、ゲーテ、シャトーブリアン、ジッド、カミュ、マルロー。

小説家はみずからの思想を重視しない。彼は手探りで実存の未知の側面を明らかにしようとする探索者なのだ。彼はおのれの声ではなく、彼が追求する形式に心を奪われるのであり、みずからの夢の要請に応える形式のみが彼の作品の一部になる。フィールディング、スターン、フローベール、プルースト、フォークナー、セリーヌ。

作家は彼の時代、国民の精神的な地図、思想史の地図にみずからの名前を登録する。

ある小説の価値を把握できる唯一のコンテクストは、小説の歴史というコンテクストである。小説家はセルバンテス以外の誰にも釈明する必要はないのだ。

小説家 romancier（と彼の人生 sa vie）「芸術家はみずからが生きなかったと後世に信じさせるべきだ」とフローベールは言っている。モーパッサンはある有名作家双書にじぶんの肖像が掲げられるのに反対して、「ひとりの人間の私生活および姿は公衆のものではない」と言った。ヘルマン・ブロッホはじぶん自身、ムージル、カフカについて、「私たち三人にはいずれも真の伝記はないのだ」と語った。これは彼らの人生には出来事が乏しいということではなく、特別に扱われたり、公衆の眼に曝されたり、伝記にされたりすべきものではないということなのだ。なぜ詩を書かないのですかと尋ねられたカレル・チャペックの答えは、「私はじぶんのことを語るのが嫌いだからだ」というものだった。真の小説家の特徴は、じぶんについて語るのが好きではないということである。「私は偉大な作家たちの貴重な私生活に首を突っこむのは大嫌いだし、どんな伝記作家も私の私生活のヴェールを持ち上げることはあるまい」とナボコフは述べている。イタロ・カルヴィーノはあらかじめこう告げている。私は誰にもみずからの生活についてただの一語も本当のことを漏らさない、と。そしてフォークナーは「人間としては歴史から取り消され、抹殺され、歴史には印刷された本以外のどんな痕跡も残さない」ことを願っている。（印刷されたと本という点を強調しておこう。したがって未完の草稿も、手紙も、日記も不可だということなのだ！）有名な比喩によれば、小説家はじぶんの人生という家を壊し、その煉瓦を使って、みずからの小説という別の家を建てる。だから小説家の伝記作者は小説家が制作したものを解体し、小説家が解体するものを制作し直すということになる。芸術の観点からすれば、彼らの仕事はまったく否定的なものであり、一つの小説の価値も意味も解明することはできないのだ。カフカがヨーゼフ・Kよりも注目を集めるときから、カフカの死後の死が始まるのである。

リズム rythme　私はじぶんの心臓の鼓動を聞くのが大嫌いだ。それがたえず私の人生の時間が秒読みされていることを思い出させるから。だからいつも、楽譜を区切る小節線に何か不吉なものを見ていた。しかし、リズムのもっとも偉大な巨匠たちはこの単調で予測できる規則性を沈黙させるすべを心得ていた。ポリフォニーの大家たちにおいては、水平の対位法的思考によって小節の重要性が弱められているのだ。ベートーヴェンの後期にあっては、小節はほとんど聞き分けられない。とくに緩徐楽章においては、それほどまでにリズムが複雑になっているのだ。オリヴィエ・メシアンにたいする私の感嘆。小さなリズムの価値が付加もしくは除去される技法のおかげで、彼は予測も計算もできない時間的な構造を考えだしている。リズムの真髄は騒々しく強調される規則性によって顕れるという既成概念があるが、これは間違いである。ロック音楽のリズムの退屈きわまる原始性。これは人間が瞬時もみずからの死への行進を忘れないために増幅される心臓の鼓動のようなものだ。

長ったらしい sempiternel　他のどんな言語も永遠性にたいしてこんなにも無遠慮な言葉を知らない。ともに響き合う言葉の連想はこうである。s'apitoyer（哀れむ）－pitre（道化師）－piteux（惨めな）－terne（冴えない）－éternel（永遠の）。道化師がなんとも冴えない永遠なるものを哀れむ。

ソヴィエトの soviétique　私はこの形容詞を使わない。ソヴィエト社会主義共和国連邦とは「四つの言葉、四つの嘘」（カストリアディス）だ。ソヴィエト人民とは、その蔭に

〈帝国〉のロシア化された あらゆる国民が忘れられる語彙的な隠れ蓑にすぎない。「ソヴィエトの」という言葉は共産主義大ロシアの攻撃的なナショナリズムだけでなく、ロシアの異端派たちの国民的な誇りにも合致する。おかげで彼らはなにやら魔術的な行為によって、ロシア(真のロシア)がいわゆるソヴィエト国家には不在であり、それが手つかずのまま、無垢な本質として永続し、あらゆる非難から免れると信じることができる。ナチス時代のあと、精神的な傷を受け、罪障感をあたえられたドイツの良心、トーマス・マンは、ゲルマン精神の容赦のない告発をおこなっている。ポーランド文化の成熟とも言うべきゴンブロヴィッチは、「ポーランド性」を快活に曲解してみせる。ロシア人にとっては無垢な本質たる「ロシア性」を曲解するなど考えられないことだ。彼らの中にはひとりのマンもひとりのゴンブロヴィッチもいない。

チェコスロヴァキア Tchécoslovaquie　私はじぶんの小説の中で、筋こそ大体そこに位置づけられているものの、チェコスロヴァキアという言葉は使わない。この合成語は(一九一八年に誕生した)あまりにも若く、時間に根づかず、美しさに欠け、命名された事柄の、合成的であまりにも新しい(時間の試練を受けていない)性格を暴露する。これほど脆弱な言葉の上にはなんとか国家を創建することはできても、小説を建立することはできない。だから私はいつも、じぶんの登場人物たちの国を指すのにボヘミアという古い言葉を用いている。政治的地理の観点からすれば、これは正確でない(私の翻訳者たちはしばしば反撥する)が、ポエジーの観点からすれば唯一可能な命名なのである。

近代 Temps modernes　近代の到来はヨーロッパの歴史の鍵となる時期だ。神が隠れた神《デウス・アブスコンディトゥス》になり、人間が万物の基礎となる。ヨーロッパに個人主義が誕生し、それとともに芸術、文化、科学の新しい状況が生まれた。この言葉をアメリカで翻訳しようとすると困難に出会う。modern times と書けば、アメリカ人は現代、今世紀のことだと理解する。アメリカにおいては近代という概念が知られていないということが、この二つの大陸の亀裂をそっくり明らかにする。私たちはヨーロッパで近代の終末、個人主義の終末、かけがえのない個人の独創性の表現として考えられた芸術の終末、比類のない画一性の時代を告げる終末を生きている。近代の誕生を経験せず、その遅れた継承者にすぎないアメリカはこのような終末の感覚をおぼえないのだ。アメリカは何が始まりであり、何が終わりかということについて別の基準を知っている。

遺言 testament　私がかつて書き(これから書く)すべてについては、ガリマール書店の最新のカタログに載っている本以外、どこでも、どんな形であれ、公刊、複製してはならない。注釈付きの編集も不可、翻案も不可とする。(「作品 œuvre」「作品番号 opus」「書き替え rewriting」の項を参照)(『小説の技法』一九九五年の再版時の追加)

裏切る trahir　「裏切るとは列の外に出ることだ。裏切るとは列の外に出て、未知のなかに出発することだ。サビナは未知のなかに出発するほど美しいことを知らない」。(『存在の耐えられない軽さ』〔第3部3〕)

透明 transparence　政治家の演説やジャーナリストの論説の中では、この言葉は個々人の生活が公衆の眼にさらされることを意味する。このことはアンドレ・ブルトンと衆人環視のもとにガラスの家に住みたいという彼の願望のことを連想させる。ガラスの家は古いユートピアであるとともに、現代生活のもっとも恐るべき側面の一つである。国家的な事柄が不透明になればなるほど、個人的な事柄が透明にならねばならないという規則。官僚制が公的な物事を代行するとはいえ、匿名で、秘密で、コード化され、理解不能になるのに反して、私的な人間はみずからの健康状態、経済、家庭状況を明らかにしなければならなくなり、もしマスメディアの判決がそうと定めるなら、ただの一瞬たりとも、恋愛においても、病気においても、死においても私生活を見出せなくなる。他人の私生活を侵害したいという願望は古来攻撃性の形態の一つだが、こんにちではそれが制度化され（情報カードをもつ官僚制、リポーターをもつ報道機関）、道徳的に正当化され（人権の第一になった知る権利）、そして（透明という美しい言葉によって）詩的にされているのだ。

画一性 uniforme（画一形態 uni-forme）「現実性というものが計画に翻訳しうる計算の画一性に存する以上、もし現実と接触しつづけたいと願うのなら、人間もまた画一性《ユニフォルム》の中にはいらねばならない。こんにちでもすでに、制服《ユニフォルム》を着ていない人間は、私たちの世界の中の異物のように、非現実的な印象をあたえる」（ハイデガー『形而上学の超克』）。測量士Kは友愛を求めるのではなく、画一性を必死に求める。この画一性、この制服がなければ、「現実との接触」をなくして、「非現実的な印象」をあたえるのだ。カフカは

（ハイデガー以前に）このような状況の変化を把握した最初の人間だった。昨日まで、ひとはまだ多様性の中、脱画一性の中に理想、好機、勝利を見ることができた。明日からは、画一性の喪失は絶対的な不幸、人間的なものの枠外への遺棄を意味することになるだろう。カフカ以後、生活を計量し、計画化する巨大な装置のおかげで、世界の画一化は途方もなく進展した。しかし、ある現象が一般的、日常的、遍在的になると、もはやそれを見分けられなくなる。画一的な生活の幸福感の中で、人々はもはやみずから身につけている制服に気づかないのである。

価値 valeur　一九六〇年代の構造主義は価値の問題を括弧に入れた。ところが、構造主義美学の創始者は、「客観的な美的価値を想定することのみが芸術の歴史的進展に意味をあたえる」と言っている（ヤン・ムカジョフスキー『社会的事実としての美的機能、規範、価値』プラハ、一九三四年）。美的価値を問うとは、諸々の発見、革新、作品が人間世界に投げかける新しい照明を適確に捉え、それに名をあたえることである。ただ価値として認められた作品（その新しさが把握され、命名された作品）だけが、たんなる事実の連続《スイット》ではなく、価値の追　求《プール・スイット》である「芸術の歴史的進展」の一部となりうる。

もしひとが（ある歴史的な一時期、一文化などの）一作品の（テーマ的、社会学的、形式主義的な）記述に満足して価値の問題を排除するなら、またもし（バッハとロック音楽、漫画とプルーストなど）あらゆる文化とあらゆる文化活動を同列に置くなら、さらにもし芸術批評（価値についての考察）が自己表現する場所をもはや見出せなくなるなら、「芸術の歴史的進展」はその意味を曇らせて崩壊し、作品の馬鹿げた膨大な倉庫になってしまうことだろう。

人生 Vie（大文字のVをもった）　シュルレアリストたちのパンフレット『屍体』（一九二四年）の中で、ポール・エリュアールはアナトール・フランスの遺骸にこう呼びかけている。「屍体よ、おまえの同類などぼくらは好きではない」等々。柩に加えられたこの足蹴よりも、私にはこのあとにつづく正当化のほうがずっと興味深く思われる。「ぼくにはもう眼に涙なくして想像できないもの、つまり人生。この人生が今でもまだ取るに足らない些事のなかに現れるのであり、その些事の支えになっているのがもはや優しさだけなのだ。懐疑主義、イロニー、卑劣さ、フランス、フランス精神、それがいったい何だというのか？　忘却の大嵐のひと吹きで、ぼくはこんなものの遠くに運ばれてしまう。もしかすると、ぼくがかつて人生の名誉を損ねるものは何も読まず、見なかったとでもいうのか？」

エリュアールが懐疑主義とイロニーに対置したのは、取るに足らない些事、眼に浮かぶ涙、優しさ、人生、そう、大文字のVをもった人生の名誉なのだ！　これ見よがしな非-順応主義的身ぶりの裏にある、このうえもなく凡庸なキッチュの精神。

老年 vieillesse　「老学者は騒々しい若者たちを観察しながら突然、この部屋で自由という特権を持っているのは自分ひとりだと気づいた。というのも、自分は年をとっているからだ。人間が大勢の意見を、大衆そして未来の意見を無視することができるのは年をとったときでしかない。老人は近づいた死と一緒にひとりでいるのだが、死には眼も耳もないので機嫌をうかがう必要はない。だから自分が行なったり言ったりしたいことを好きなように行なえるし、言えもするのだ」（『生は彼方に』〔第四部15〕）。レンブラントとピカソ。ブルックナーとヤナーチェク。「フーガの技法」のバッハ。

第七部　エルサレム講演——小説とヨーロッパ

イスラエルが授与するもっとも重要な賞が国際的な文学を対象としているのは偶然ではなく、長い伝統によるものだと私には思えます。じっさい、つねに超国民的なヨーロッパ、領土ではなく文化として考えられたヨーロッパにたいして特別な感性を示してきたのは、故郷の土地を遠く離れ、国民的な情念を超える高みに立つユダヤの偉大な人物たちでした。悲劇的な形でヨーロッパに裏切られた後でさえ、ユダヤ人があのようにヨーロッパの世界主義《コスモポリタニズム》に忠実でありつづけたのですから、やっと見出された小さな祖国、イスラエルはヨーロッパの真の心臓、身体の外にある奇妙な心臓だと私の眼に映ります。

　本日、私はたいへん感動しながら、エルサレムという名前をもち、あの偉大なユダヤ的世界主義の精神を表す賞を受けるものであります。私は小説家としてこの賞を受けます。強調させていただきますが、私は小説家と言うのであって、作家とは申しません。フローベールによれば、小説家とはみずからの作品の蔭に身を隠す者のことです。みずからの作品の蔭に身を隠すとは、公的な人間の役割を断念することを意味します。これは現代では容易でありません。こんにち多少なりとも重要な事柄のいっさいが、耐えがたいほどマスメディアの照明を浴びる舞台を経ねばならず、そしてマスメディアとは、フローベールの意図に反して、作者像の蔭に作品を隠すものであります。誰ひとり完全には免れないこのような状況では、フローベールの考察はほとんど一つの警告のように思えてきます。つまり公的人間としての役割を喜んで引きうけるなら、小説家はみずからの作品を危険にさらすことになり、その作品は彼の所作、声明、立場などのたんなる付録と見なされかねないということです。ところが、小説家は誰の代弁者でもなく、極論すれば彼自身の思想の代弁者でさえもないのであります。トルストイが『アンナ・カレーニナ』の初稿を書きはじめたとき、アンナはきわめて反感をそそる女性であり、その悲劇的な最期は当然の報いにすぎませんでした。最終稿はまったく異なっています。しかし私は、トルストイがその間にみずからの道徳観を変えたとは思いません。むしろ、こう言いましょう。彼は執筆しながら、個人の道徳的信念の声とは別の声を聞いていたのだ、と。私なら小説の知恵と呼びたいものに耳を澄ましていたのです。あらゆる真の小説家は、個人を超えるその知恵に耳を傾けるのであり、これが偉大な小説はつねにその作者よりすこしばかり聡明だということを説明します。みずからの作品よりも聡明な小説家は、職業を変えてしかるべきでしょう。

しかし、その知恵とは何のことでしょうか？　小説とは何でしょうか？「人間は考え、神は笑う」というユダヤのすばらしい諺《ことわざ》があります。この格言に気をそそられ、私はこんな想像をしてみたくなります。ある日、フランソワ・ラブレーに神の笑いが聞こえ、そのようにして最初の偉大なヨーロッパ小説の着想が生まれたのだ、と。小説という芸術が神の笑いの谺《こだま》としてこの世に誕生したと考えることが、私の心にぴったりするのです。

しかし、いったいなぜ、考える人間を見て、神が笑うのでしょうか？　人間が考えても、真実は人間から逃れるからです。人間たちが考えれば考えるほど、ひとりの人間の考えが別の人間の考えと食い違ってくるからです。そして、人間はみずからがそうだと考えている者ではけっしてないからです。中世から脱した人間の、このような根本的な状況が明らかになるのは、近代の黎明期であります。たとえば、ドン・キホーテが考え、サンチョが考えても、世界の真実だけでなく、みずからの自我の真実までもが彼らから離れていくのです。ヨーロッパの最初の小説家たちは、人間のこのような新しい状況を看取し把握して、この状況の上に新しい芸術、小説という芸術を創始したのでした。

フランソワ・ラブレーは多くの新語を考案しましたが、これらの新語はフランス語およびその他の言語にはいりました。ただ、この新語のうち一語が忘れられたことを、遺憾に思ってもいいかもしれません。それはアジェラスト（agélastes 苦虫族）という言葉です。これはギリシャ語から採られた言葉で、笑うことがなく、ユーモアのセンスがない者を意味します。ラブレーはアジェラストが大嫌いで、恐れていました。アジェラストたちが「じぶんには残虐きわまる」ものだったので、あやうく書くことをやめよう、しかも永久にやめようとしたと不平を漏らしているほどです。

小説家とアジェラストとのあいだには、和解などありえません。神の笑いを一度も耳にしたことがないアジェラストたちは、真実は明瞭であり、すべての人間は同じことを考えねばならず、じぶんたち自身はみずからそうだと考えている者だと信じこんでいるのです。しかし、人間が個人になるのはまさしく、真実にたいする確信と他者たちの全員一致の同意を失うことによってであります。小説とは諸個人の想像上の楽園であり、そこではだれも、アンナもカレーニンも真実の所有者でなく、だれもが、アンナもカレーニンも理解される権利をもっている領土なのです。

ガルガンチュアとパンタグリュエルの物語「第三之書」では、ヨーロッパの知った最初の偉大な小説の登場人物パニュルジュが結婚すべきか否かという疑問に悩まされます。

彼が医師たち、予言者たち、教授たち、詩人たち、哲学者たちに相談すると、彼らは次々とヒッポクラテス、アリストテレス、ホメロス、ヘラクレイトス、プラトンらを引用します。しかし、この書全体を占めるこれらの学識豊かな広大な探求のあとになっても、パニュルジュは依然としてじぶんが結婚すべきかどうか分かりません。読者である私たちにもまた分からないのですが、そんな私たちは逆に、結婚すべきか否か知ろうとする人間の滑稽でもあれば初歩的でもある状況を、可能なあらゆる角度から探索したことになるのです。

したがって、ラブレーの学識はいかに大きなものだろうと、デカルトの学識とは別の意味をもち、小説の知恵は哲学の知恵とは異なっているわけです。小説は理論的な精神ではなく、ユーモアの精神から誕生しました。ヨーロッパの失敗の一つはもっともヨーロッパ的な芸術、すなわち小説をけっして理解しなかったことです。小説の精神も、その広大な知識や発見も、小説の歴史の自立性も理解しなかったのです。神の笑いから着想を得た芸術は、その本質からして、イデオロギー的な確信には従属せず、それに反駁するものです。それはペネロペさながら、神学者、哲学者、学者たちが前日に織ったタピストリーを夜のあいだに解いてしまうものなのです。

近年、人々は十八世紀を酷評する習慣を身につけ、こんな決まり文句に到達するようになりました。ロシア的全体主義の不幸はヨーロッパ、とりわけ啓蒙の世紀の無神論的合理主義、理性の万能にたいする信仰の産物だというものです。私はヴォルテールを強制収容所《グラーグ》の責任者にする人々と論争する資格があるとは感じませんが、逆に次のように言う資格ならじぶんにあると感じています。すなわち、十八世紀はただルソー、ヴォルテール、ドルバックの世紀ではなく、また(とりわけ、ではないにしても!)フィールディング、スターン、ゲーテ、ラクロの世紀でもあるのだ、と。

この時代のすべての小説の中で私が好むのは、ローレンス・スターンの『トリストラム・シャンディ』です。これは奇妙な小説で、スターンはトリストラムが懐胎された夜の想起から開始しますが、そのことを語りはじめたかと思うと、たちまち別の考えに心を惹かれ、この考えが自由な連想によって、さらに別の考察、さらにまた別の挿話を呼び起こすにいたるのです。その結果、逸脱の後に別の逸脱が続き、この本の主人公トリストラムはたっぷり百頁にわたって忘れられてしまいます。このような破天荒な小説作法は、たんなる形式上の遊びだと思われかねません。しかし芸術においては、形式はつねに形式以上のものであり、それぞれの小説は、好むと好まざるとにかかわらず、人間存在とは何か、そしてそのポエジーはどこにあるかという問いにたいする答えをもたらすものです。スターンの同時代人たち、たとえばフィールディングはとくに、行動と冒険の並々ならぬ魅力を味わうすべを心得ていました。スターンの小説に見られる言外の答えはそれとは違っています。彼によれば、ポエジーは行動の中ではなく、行動の中断の中にあるというのです。

おそらくここに、間接的な形ではあれ、小説と哲学のあいだの大いなる対話が始まったと言えます。十八世紀の合理主義はライプニッツの有名な文句「理由なく存在するものは何もない(nihil est sine ratione)」に基づいています。このような確信に刺激された科学は万物の何故を熱心に検討し、その結果、存在するものすべてが説明でき、したがって計算できると考えるようになりました。じぶんの人生になんらかの意味があることを願う人間は、原因も目的もないようなどんな行いも断念することになり、あらゆる伝記はそんなふうに書かれることになります。人生は原因、結果、失敗、それに成功の明るい軌跡として現れ、人間はみずからの行為の因果関係を示す繋がりにじりじりと眼差しを注ぎ、死に向かう狂おしい走行をますます速めることになります。

このような世界の出来事の因果的連続への還元を前に、スターンの小説はただその形式だけによって、ポエジーは行動の中ではなく、行動が中断するところ、原因と結果のあいだを繋ぐ橋が砕け、思考が甘美で無為な自由をさ迷うところにあると言うのです。スターンの小説は、実存のポエジーは逸脱の中にこそあると言っているのであります。それは計算できないものの中、因果関係の反対側に、理由がないまま(sine ratione)に、ライプニッツの文句の反対側にあるのだ、と。

したがって芸術、とりわけ小説を考慮せずに、もっぱら思想、理論的な概念によって一つの世紀の精神を判断することはできません。十九世紀は機関車を発明し、ヘーゲルは〈世界史〉の精神そのものを把握したと確信していました。フローベールは愚行《ベティーズ》を発見しました。これは、あえて言えば、みずからの科学的理性をあれほど誇っていた世紀の最大の発見です。

もちろんフローベール以前にも、愚行が存在することを疑う者はいませんでしたが、それはすこし別なふうに理解され、たんに知識の欠如、教育によって正されうる欠陥と見なされていたのです。ところがフローベールの小説では、愚行は人間の実生活と不可分の側面になり、日々の生活を通して、愛の床や死の床まで哀れなエンマにつきまとうのです。彼女の死の床を見下しながら、恐るべきアジェラストのオメとブルニジアンが、まるで一種の弔辞だとでもいうように、なおも愚かな戯言をえんえんと交わす始末です。しかし、フローベールの愚行の見方において、もっともショッキングでスキャンダラスなのは次のこと、すなわち愚行は科学、技術、進歩、現代性などを前にしても消えることなく、逆に進歩とともに、愚行もまた進歩する！ということなのです。

　フローベールは底意地の悪い情熱を傾けて、じぶんの周囲の人々が利口であり、事情に通じていると見せようとして口にする、紋切り型の決まり文句を収集し、これをもとに有名な『紋切り型辞典』を作りました。この表題を使ってこう言いましょう。現代の愚行とは無知ではなく、紋切り型の考えの無-思考を意味しているのだ、と。フローベールのこの発見は、世界の未来にとって、マルクスやフロイトのもっとも衝撃的な考えよりずっと重要です。なぜなら、階級闘争のない、あるいは精神分析のない未来を想像できても、紋切り型の考えの抗しがたい増大のない未来は想像できないからです。紋切り型の考えはコンピューターのなかに登録され、マスメディアによって伝播されて、やがてどんな独創的で個人的な思考をも押しつぶし、その結果、近代のヨーロッパ文化の本質そのものを窒息させる力となりかねないのです。

　フローベールが彼のエンマ・ボヴァリーを想像した八十年後、二十世紀の三〇年代に、もう一人の大小説家、ヘルマン・ブロッホはキッチュの波に逆らうけれども、結局打ちのめされる現代小説の英雄的な努力について語ることになります。キッチュという言葉は何が何でも、最大多数の者たちに気に入られたいという態度を指します。気に入られるためには、みんなが聞きたがっていることを承認し、紋切り型の考えに奉仕しなければなりません。キッチュとは、紋切り型の考えという愚行を美と感動の言葉に翻訳することです。キッチュは、私たちがじぶん自身、私たちが考え、感じることの凡庸さにほろりとして注ぐ涙を引き出します。五十年後の現在、ブロッホの文句はさらに真実になっています。最大多数の者に気に入られ、彼らの関心を獲得する絶対的な必要がある以上、マスメディアの美学はどうしてもキッチュの美学にならざるをえません。マスメディアが私たちの全生活を包括し、そこに浸透するにつれ、キッチュは私たちの美学となり、私たちの日常のモラルになってきます。つい最近まで、近代主義《モダニズム》は紋切り型の考えやキッチュにたいする非順応的な反抗を意味していました。現在では、近代性《モダーニティ》はマスメディアの途方もない活力と混同されて、現代的《モダン》であるとは時流に遅れないための、もっとも順応的な者たちよりさらに順応的になるための狂おしい努力を意味します。現代性はキッチュの衣をまとったのです。

神の笑いの谺とともに誕生し、誰ひとり真実の所有者でなく、各人が理解される権利があるという、あの魅力的な想像的空間を創りだすことができた芸術にとって、アジェラスト、紋切り型の考えの無-思考、キッチュは三つの頭をもつ同じ唯一の敵でありま す。この想像的空間は近代ヨーロッパとともに誕生し、ヨーロッパのイメージ、少なくとも私たちのヨーロッパの夢、度々裏切られても、私たちのちっぽけな大陸をはるかに越えて、私たちをみな友情で結びつけるほどには強い夢です。しかし私たちは、個人が尊重される世界(小説の想像世界とヨーロッパの現実の世界)が脆弱で滅びやすいことを知っています。地平には多数のアジェラストたちが私たちを待ち受けているのが見えるのです。だからこそ私は、宣戦布告がなされないこの恒常的な戦争の時代に、じつに悲劇的かつ残酷な運命を背負ったこの都市で、ただ小説のことしか話すまいと決心したのでした。おそらく皆様は、これがいわゆる深刻な諸問題から逃避する、私なりの形式ではないことを理解されたことでしょう。というのも、たとえ現在ヨーロッパの文化が脅かされていると見えるとしても、この文化が内からも外からもそのもっとも貴重なもの、すなわち個人の尊重、独創的な考えと侵しがたい私生活の権利の尊重の点で脅かされているとしても、ヨーロッパ的精神のこの貴重な本質は、銀色の箱に収められるように、小説の歴史の中、小説の知恵の内に収められているように思われるからであります。この謝辞において、私が崇敬の念を捧げたいのはこのような知恵にたいしてです。しかし、そろそろ話を終える時になりました。私はあやうく、私が考えるのを見ながら神が笑っておられるのを忘れるところでした。

訳者解説

ミラン・クンデラ（一九二九年生まれ）は『存在の耐えられない軽さ』などで国際的に名高い小説家だが、また文学・音楽その他について繊細かつ自在に語る名エッセイストでもある。本書『小説の技法』*L'Art du roman*（原著一九八六年。一九九〇年、金井裕・浅野敏夫訳『小説の精神』の題名で法政大学出版局から出版）はその一つで、この後、『裏切られた遺言』*Les Testaments trahis*（原著一九九三年。一九九四年、拙訳で集英社から出版）、『カーテン――7部構成の小説論』*Le Rideau : Essai en sept parties*（原著二〇〇五年。同年、拙訳で集英社から出版）、『出会い』*Une Rencontre*（原著二〇〇九年。二〇一二年、拙訳で河出書房新社から出版）を上梓している。また小説と違って、これらの評論集はいずれもチェコ語からの仏訳ではなく、最初から著者によってフランス語で書かれたものである。

だから本書はクンデラの第一評論集になるわけだが、ガリマール社の名高いプレイヤード叢書のクンデラ作品集監修者フランソワ・リカールによれば、本書は「のちのエッセー集の源泉もしくは母胎」であり、ここで提示された知的主題やモチーフがその後何度も反復・展開、つまり「変奏」されることになるという。たとえば、「近代のモデルとイメージ」であり、「唯一の確信として不確実性の知恵」に従う「相対性のカーニバル」だという小説の定義と擁護、あるいはカフカ、ブロッホ、ムージル、ゴンブロヴィッチら二十世紀中央ヨーロッパの小説家たち、ラブレー、セルバンテス、ディドロ、フローベールら古典作家たちの作品の斬新な読解と顕揚などがそれに該当する。ここにはヌーヴォー・ロマン、ヌーヴェル・クリティックその他の影響で「小説の終焉」「小説の死」といった言説が盛んになされていた一九八〇年代の時代的風潮に敢然と逆らい、ヨーロッパ数世紀の伝統に基づく小説の新しい可能性を提示しようとする、チェコからの「亡命作家」のマニフェストのような強い覚悟と意気込みが感じられるだろう。

ただ本書『小説の技法』がフランス語で書かれた最初の評論集だとはいえ、じつはクンデラはチェコ時代の一九六〇年、つまり彼が小説家になることはおろか、小説をまだ書いてさえいない時期に『小説の技法』*Umění románu* を公刊している。これは戦前のチェコ小説家ヴラディスラフ・ヴァンチュラの作品に焦点が当てられたものだが、それを通し、あるいはそれを超えてクンデラの小説観を述べるものだった。クンデラの同国人であり友人だったクヴェトスラフ・フヴァティークは、「古典的近代性の偉大な叙事詩へと向かう彼自身の途をさぐり、みずからの未来の作品計画をさだめ、自立した芸術ジャンルとしてみずからの小説の詩学の概略をしめす」クンデラの姿がすでに認められるという。しかし、クンデラ自身は「学生のレポートとしてはすぐれたものかもしれないが、それ以上のものではない」として、小説以外のチェコ語のテクストのすべてと同様、小説家としての「前史」に位置づけて再版を許可していない。要するに未熟な論考だったというのだが、これに加えて考慮すべきは、この最初の『小説の技法』は彼がプラハの芸術アカデミー映画学部の助手時代に半ば職務上の必要から書いた理論的な論考だったということだろう。これに反して、本書はもっぱら小説の「実作者の考察」として構想・執筆されたものであり、じっさいこのときまで彼はすでに後述の六冊の小説を上梓し、好評を得ている。

フランス語版『小説の技法』にもどろう。一九七五年にチェコからフランスに亡命したクンデラは、雑誌・新聞にかなりの数の評論を発表した。そのなかには「消え去る詩プラハ」「誘拐された西欧あるいは中央ヨーロッパの悲劇」など、事実上はロシアに占領された祖国の悲惨と非道を国際世論に訴える、感動的な時事論文もかなりあった。だが彼はこれらの論文のすべてを再版しようとせず、もっぱら「評判の悪いセルバンテスの遺産」、すなわち小説を扱うテクストだけを厳選し、七部構成に編成して全体を推敲しなおした。そこで、これからフランス語版『小説の技法』の「前史」をざっと見ておこう。

まず指摘しておくべきは、彼が一九八〇年にそれまでのレンヌ大学からパリの社会科学高等研究院に移っておこなったセミナーの題目のことである。それは「カフカの作品について」(一九八一―八三年)、「ブロッホの『夢遊の人々』」(一九八四―八五年)、「ゴンブロヴィッチの『フェルディドゥルケ』と『日記』」(一九八五―八六年)、「ドストエフスキーの『悪霊』」(一九八六―八七年)などであった。要するに、『小説の技法』のかなりの部分の出発点がこれらのセミナーにあったと考えられるのである。次に各部のテクストの成立について見ておこう。

第一部「評判の悪いセルバンテスの遺産」は、一九八三年にミシガン大学でおこなった講演原稿を書き改めて同年に週刊誌《ル・ヌーヴェル・オプセルヴァトゥール》に発表したものである。

第二部「小説の技法についての対談」は、最初アメリカの雑誌《パリ・レヴュー》に一九八四年に英語で発表されたインタビューで、同年文芸誌《ランフィニ》にフランス語で掲載された。なお、インタビュアーのクリスティアン・サルモンは社会科学高等研究院のクンデラのアシスタントで、若い研究者・作家だった。

第三部「『夢遊の人々』によって示唆された覚書」は本書が初出だが、クンデラは一九八二年に、仏訳『夢遊の人々』再版に序文を寄せるほか、週刊誌《ル・ヌーヴェル・オプセルヴァトゥール》に「ブロッホの遺言」と題する論考を発表している。

第四部「構成の技法についての対談」は、前記サルモンとの対談の後半部だったが、英語では発表されず、一九八五年にフランス語で《レットル・アンテルナショナル》誌に初めて発表された。

第五部「その後ろのどこかに」はクンデラが一九七九年にメキシコ旅行に出かけた折りにおこなった講演原稿を書き改め、八一年に月刊誌《ル・デバ》に掲載されたテクストを元にしている。

第六部「六十九語」は作者が本文で述べているように、最初は一九八五年、ピエール・ノラの勧めに応じて《ル・デバ》誌に掲載された。このときは「八十九語」だったが、八六年刊行の初版『小説の技法』では「七十一語」に短縮された。その後、一部の語を変更したり、追加あるいは削除したりして、九五年のフォリオ版では「七十三語」、そして二〇一一年のプレイヤード版で結局「六十九語」に落ち着いた。本書の底本も当然これに従っている。クンデラはこのように、自作の版が変わるごとに原文を修正する習慣があるのだが、概して無駄と思える語句を削除することが多く、本書もこの部だけでなく、他の部でも初版からかなりの部分がカットされている。

第七部「エルサレム講演——小説とヨーロッパ」は、クンデラが一九八五年にイスラエルのエルサレム賞を受賞したさいの講演原稿であり、これは直ちに《ル・ヌーヴェル・オプセルヴァトゥール》誌に「神の笑い」の題名で掲載された。本書にはその講演原稿がほぼそのまま収録されている。

このうち第一部はクンデラ独自の半ば哲学的なヨーロッパ小説史観、世界を両義性として認識する近代小説論であり、これが彼の全作品の核心となる。ただこれが「反現代的なモダニスト」、つまり「ヨーロッパの自己同一性《アイデンティティ》のイメージは過去の中に遠ざかっていく。ヨーロッパ人とはすなわちヨーロッパに郷愁をいだく者のことである」(本書一七七頁)という、すでにかなり悲観的な展望をもった小説家の言であることに留意しておきたい。第三部、第五部はそれぞれ、クンデラ文学にもっとも強い影響をあたえたヘルマン・ブロッホ、フランツ・カフカに当てられたテクストであり、このふたりのことは後の評論でも繰り返し言及されることになる。ふたりの作家のうち、ブロッホは当時フランスではあまり知られていなかったため、フランスの読者に『夢遊の人々』の重要性を知らしめようとする試みでもあった。また、第五部「その後ろのどこかに」で論じられるカフカの小説については、従来の解釈（たとえばブロート流の神学的解釈、カミュ流の「不条理の小説家」といった実存主義的な解釈など）に違和感をおぼえ、不満をいだいていたクンデラが初めて独自のカフカ観を披瀝したものである。第七部はクンデラの小説家論であり、小説家は何よりもまず、個人を超える「小説の知恵」に耳を傾けつつ、おのれの作品の蔭に身を隠すべきだと述べる。第二部と第四部は、「自作の説明ができない小説家は完全な小説家とはいえない」というゴンブロヴィッチに倣ったクンデラの自作解説だが、彼の小説の技法がきわめて具体的かつ積極的に語られている。なおこのふたつの部、および第六部で取り上げられている六編の小説は以下のものであるが、読者の便宜のために本文中に〔　〕内に該当箇所を示しておいた。また邦訳はすべて初版ではなく、著者がフランス語の「決定版」と定めたテクストを底本とする拙訳である。

『可笑しい愛』*Risibles amours*（原著一九九四年。邦訳二〇〇三年、集英社文庫）

『冗談』*La Plaisanterie*（原著一九八五年。邦訳二〇一四年、岩波文庫）
『生は彼方に』*La Vie est ailleurs*（原著一九九一年。邦訳二〇〇一年、ハヤカワ epi 文庫）
『別れのワルツ』*La Valse aux adieux*（原著一九八六年。邦訳二〇一三年、集英社文庫）
『笑いと忘却の書』*Le Livre du rire et de l'oubli*（原著一九八五年。邦訳二〇一三年、集英社文庫）
『存在の耐えられない軽さ』*L'Insoutenable légèreté de l'être*（原著一九八七年。邦訳二〇〇八年、河出書房新社）

以上、ごく大まかに本書『小説の技法』の成立事情と簡単な解説を述べたが、翻訳にあたっては、『小説の技法』の初版と「決定版」のあいだに前記したようにかなりの削除のほか、テクストにも細かな変更が多々あるとはいえ、当然ながら金井裕、浅野敏夫両氏よって初版から訳された『小説の精神』を大いに参考にし、貴重な教示をうけたことを記しておく。

また、本書の企画・編集に関して、『冗談』と同様、岩波文庫編集長の入谷芳孝氏の格別のご配慮とご尽力を賜った。末筆ながら、同氏に心から感謝申し上げたい。

二〇一六年四月

西永良成

岩波文庫の最新刊

塩川徹也・望月ゆか訳
パスカル
小品と手紙

『パンセ』と不可分な作として読まれてきた遺稿群。人間の研究と神の探求に専心した万能の天才パスカルの、人と思想と信仰を示す二一篇。
〔青六一四-五〕 定価一六五〇円

安倍能成著
岩波茂雄伝

高らかな志とあふれる情熱で事業に邁進した岩波茂雄（一八八一-一九四六）。「一番無遠慮な友人」であったという哲学者が、稀代の出版人の生涯と仕事を描く評伝。
〔青N一三一-一〕 定価一七一六円

グレゴリー・ベイトソン著／佐藤良明訳
精神の生態学へ（下）

世界を「情報＝差異」の回路と捉え、進化も文明も環境も包みこむ壮大なヴィジョンを提示する。下巻は進化論・情報理論・エコロジー篇。動物のコトバの分析など。（全三冊）〔青N六〇四-四〕 定価一二七六円

中川裕補訂
知里幸惠 アイヌ神謡集

アイヌの民が語り合い、口伝えに謡い継いだ美しい言葉と物語。熱き思いを胸に知里幸惠（一九〇三-二二）が綴り遺した珠玉のカムイユカㇻ。補訂新版。
〔赤八〇-一〕 定価七九二円

アリエル・ドルフマン作／飯島みどり訳
死と乙女

息詰まる密室劇が、平和を装う恐怖、真実と責任追及、国家暴力の闇という人類の今日的アポリアを撃つ。チリ軍事クーデタから五〇年、傑作戯曲の新訳。
〔赤N七九〇-一〕 定価七九二円

……今月の重版再開……

塙治夫編訳
アブー・ヌワース **アラブ飲酒詩選**
定価六二七円 〔赤七八五-一〕

大杉栄著／飛鳥井雅道校訂
自叙伝・日本脱出記
定価一三五三円 〔青一三四-一〕

岩波文庫の最新刊

兵藤裕己編注
説経節 俊徳丸・小栗判官 他三篇

大道・門付けの〈乞食芸《こつじき》〉として行われた説経節から、後世の文学・芸能に大きな影響を与えた五作品を編む。「山椒太夫」「愛護の若」「隅田川」の三篇も収録。
〔黄二八六－一〕 定価一二一〇円

三木 清著
構想力の論理 第二

三木の探究は「経験」の論理的検討に至る。過去を回復し未来を予測する構想力に、新たな可能性を見出す。（注解・解説＝藤田正勝）（全二冊）
〔青一四九－三〕 定価一一五五円

トマス・アクィナス著／稲垣良典・山本芳久編／稲垣良典訳
精選 神学大全1 徳論

西洋中世最大の哲学者トマス・アクィナス（一二二五頃－一二七四）の集大成。初めて中核のテーマを精選。1には、人間論から「徳」論を収録。（全四冊）（解説＝山本芳久）
〔青六二一－三〕 定価一六五〇円

カール・ポパー著／小河原誠訳
開かれた社会とその敵 第二巻 にせ予言者―ヘーゲル、マルクスそして追随者 (上)

全体主義批判の本書は、ついにマルクス主義を俎上にのせる。階級なき社会の到来という予言論証の方法論そのものを徹底的に論難する。（全四冊）
〔青N六〇七－三〕 定価一五七三円

泉 鏡花作
日本橋

紅燈の街、日本橋を舞台に、四人の男女が織り成す恋の物語。愛の観念を謳い上げた鏡花一代の名作。改版。（解説＝佐藤春夫・吉田昌志）
〔緑二七－七〕 定価七七〇円

……今月の重版再開……

魯 迅著／松枝茂夫訳
朝花夕拾

定価五五〇円
〔赤二五－三〕

トマス・アクィナス著／柴田平三郎訳
君主の統治について ―謹んでキプロス王に捧げる―

定価九三五円
〔青六二一－二〕

《ドイツ文学》〔赤〕

- ニーベルンゲンの歌 全二冊 — 相良守峯訳
- 若きウェルテルの悩み — ゲーテ／竹山道雄訳
- ヴィルヘルム・マイスターの修業時代 全三冊 — ゲーテ／山崎章甫訳
- イタリア紀行 全三冊 — ゲーテ／相良守峯訳
- ファウスト 全二冊 — ゲーテ／相良守峯訳
- ゲーテとの対話 全三冊 — エッカーマン／山下肇訳
- スペインの太子 ドン・カルロス — シルレル／佐藤通次訳
- ヒュペーリオン —希臘の世捨人 — ヘルデルリーン／渡辺格司訳
- 青い花 — ノヴァーリス／青山隆夫訳
- 夜の讃歌・サイスの弟子たち 他一篇 — ノヴァーリス／今泉文子訳
- 完訳 グリム童話集 全五冊 — 金田鬼一訳
- 黄金の壺 — ホフマン／神品芳夫訳
- ホフマン短篇集 — 池内紀編訳
- 影をなくした男 — シャミッソー／池内紀訳
- 流刑の神々・精霊物語 — ハイネ／小沢俊夫訳
- ブリギッタ・森の泉 他一篇 — シュティフター／宇多五郎・高安国世訳

- みずうみ 他四篇 — シュトルム／関泰祐訳
- 村のロメオとユリア — ケラー／草間平作訳
- 沈鐘 — ハウプトマン／阿部六郎訳
- 地霊・パンドラの箱 ルル二部作 — F・ヴェデキント／岩淵達治訳
- 春のめざめ — F・ヴェデキント／酒寄進一訳
- 花・死人に口なし 他七篇 — シュニッツラー／番匠谷英一・山本有三訳
- ゲオルゲ詩集 — 手塚富雄訳
- リルケ詩集 — 高安国世訳
- ドゥイノの悲歌 — リルケ／手塚富雄訳
- ブッデンブローク家の人びと 全三冊 — トーマス・マン／望月市恵訳
- トオマス・マン短篇集 — 実吉捷郎訳
- 魔の山 全二冊 — トーマス・マン／関泰祐・望月市恵訳
- トニオ・クレエゲル — トオマス・マン／実吉捷郎訳
- ヴェニスに死す — トオマス・マン／実吉捷郎訳
- 講演集 ドイツとドイツ人 他五篇 — トーマス・マン／青木順三訳
- 講演集 リヒァルト・ヴァーグナーの苦悩と偉大 他一篇 — トーマス・マン／青木順三訳
- 車輪の下 — ヘルマン・ヘッセ／実吉捷郎訳

- デミアン — ヘルマン・ヘッセ／実吉捷郎訳
- シッダルタ — ヘッセ／手塚富雄訳
- ルーマニア日記 — カロッサ／高橋健二訳
- 幼年時代 — カロッサ／斎藤栄治訳
- ジョゼフ・フーシェ —ある政治的人間の肖像 — シュテファン・ツワイク／高橋禎二・秋山英夫訳
- 変身・断食芸人 — カフカ／山下肇・山下萬里訳
- 審判 — カフカ／辻瑆訳
- カフカ短篇集 — 池内紀編訳
- カフカ寓話集 — 池内紀編訳
- ドイツ炉辺ばなし集 —カレンダーゲシヒテン — ヘーベル／木下康光編訳
- ウィーン世紀末文学選 — 池内紀編訳
- チャンドス卿の手紙 他十篇 — ホフマンスタール／檜山哲彦訳
- ホフマンスタール詩集 — 川村二郎訳
- ドイツ名詩選 — 生野幸吉・檜山哲彦編
- 聖なる酔っぱらいの伝説 他四篇 — ヨーゼフ・ロート／池内紀訳
- 暴力批判論 他十篇 —ベンヤミンの仕事1 — ベンヤミン／野村修編訳
- ボードレール 他五篇 —ベンヤミンの仕事2 — ベンヤミン／野村修編訳

《アメリカ文学》〔赤〕

- ギリシア・ローマ神話 付インド・北欧神話 — ブルフィンチ 野上弥生子訳
- 中世騎士物語 — ブルフィンチ 野上弥生子訳
- フランクリン自伝 — 松本慎一 西川正身訳
- フランクリンの手紙 — 蕗沢忠枝編訳
- スケッチ・ブック 全二冊 — アーヴィング 齊藤昇訳
- アルハンブラ物語 全二冊 — アーヴィング 平沼孝之訳
- ウォルター・スコット邸訪問記 — アーヴィング 齊藤昇訳
- 完訳 緋文字 — ホーソーン 八木敏雄訳
- 哀詩 エヴァンジェリン — ロングフェロー 斎藤悦子訳
- 黒猫・モルグ街の殺人事件 他五篇 — ポオ 中野好夫訳
- 対訳 ポー詩集 —アメリカ詩人選(1) — 加島祥造編
- ユリイカ — ポオ 八木敏雄訳
- ポオ評論集 — 八木敏雄編訳
- 森の生活(ウォールデン) 全二冊 — ソロー 飯田実訳
- 白鯨 全三冊 — メルヴィル 八木敏雄訳
- ビリー・バッド — メルヴィル 坂下昇訳
- ホイットマン自選日記 全二冊 — 杉木喬訳
- 対訳 ホイットマン詩集 —アメリカ詩人選(2) — 木島始編
- 対訳 ディキンソン詩集 —アメリカ詩人選(3) — 亀井俊介編
- 不思議な少年 — マーク・トウェイン 中野好夫訳
- 王子と乞食 — マーク・トウェーン 村岡花子訳
- 人間とは何か — マーク・トウェイン 中野好夫訳
- ハックルベリー・フィンの冒険 全二冊 — マーク・トウェイン 西田実訳
- いのちの半ばに — ビアス 西川正身訳
- 新編 悪魔の辞典 — ビアス 西川正身編訳
- ねじの回転 デイジー・ミラー — ヘンリー・ジェイムズ 行方昭夫訳
- 荒野の呼び声 — ジャック・ロンドン 海保眞夫訳
- ノリス 死の谷 マクティーグ 全二冊 — 石田英二 井上宗次訳
- シスター・キャリー 全二冊 — ドライサー 村山淳彦訳
- 響きと怒り 全二冊 — フォークナー 平石貴樹 新納卓也訳
- アブサロム、アブサロム! 全二冊 — フォークナー 藤平育子訳
- 八月の光 全二冊 — フォークナー 諏訪部浩一訳
- 武器よさらば 全二冊 — ヘミングウェイ 谷口陸男訳
- オー・ヘンリー傑作選 — 大津栄一郎訳
- 黒人のたましい — W・E・B・デュボイス 木島始 鮫島重俊 黄寅秀訳
- フィッツジェラルド短篇集 — 佐伯泰樹編訳
- アメリカ名詩選 — 亀井俊介 川本皓嗣編
- 青白い炎 — ナボコフ 富士川義之訳
- 風と共に去りぬ 全六冊 — マーガレット・ミッチェル 荒このみ訳
- 対訳 フロスト詩集 —アメリカ詩人選(4) — 川本皓嗣編
- とんがりモミの木の郷 他五篇 — セアラ・オーン・ジュエット 河島弘美訳

分らぬもんですよ　バァナード・ショウ　市川又彦訳
ヘンリ・ライクロフトの私記　ギッシング　平井正穂訳
南イタリア周遊記　ギッシング　小池滋訳
闇の奥　コンラッド　中野好夫訳
密偵　コンラッド　土岐恒二訳
対訳イエイツ詩集　高松雄一編
月と六ペンス　モーム　行方昭夫訳
人間の絆　全三冊　モーム　行方昭夫訳
サミング・アップ　モーム　行方昭夫訳
モーム短篇選　全二冊　行方昭夫編訳
アシェンデン　―英国情報部員のファイル　モーム　中島賢二・岡田久雄訳
お菓子とビール　モーム　行方昭夫訳
ダブリンの市民　ジョイス　結城英雄訳
荒地　T.S.エリオット　岩崎宗治訳
悪口学校　シェリダン　菅泰男訳
サキ傑作集　河田智雄訳
オーウェル評論集　小野寺健編訳

パリ・ロンドン放浪記　ジョージ・オーウェル　小野寺健訳
動物農場　―おとぎばなし　ジョージ・オーウェル　川端康雄訳
対訳キーツ詩集　―イギリス詩人選(10)　宮崎雄行編
キーツ詩集　中村健二訳
阿片常用者の告白　ド・クインシー　野島秀勝訳
オルノーコ 美しい浮気女　アフラ・ベイン　土井治訳
解放された世界　H.G.ウェルズ　浜野輝訳
大転落　イーヴリン・ウォー　富山太佳夫訳
回想のブライズヘッド　全二冊　イーヴリン・ウォー　小野寺健訳
愛されたもの　イーヴリン・ウォー　中村健二・出淵博訳
対訳ジョン・ダン詩集　―イギリス詩人選(2)　湯浅信之編
フォースター評論集　小野寺健編訳
白衣の女　全三冊　ウィルキー・コリンズ　中島賢二訳
アイルランド短篇選　橋本槙矩編訳
灯台へ　ヴァージニア・ウルフ　御輿哲也訳
狐になった奥様　ガーネット　安藤貞雄訳
フランク・オコナー短篇集　阿部公彦訳

たいした問題じゃないが　―イギリス・コラム傑作選　行方昭夫編訳
英国ルネサンス恋愛ソネット集　岩崎宗治編訳
文学とは何か　―現代批評理論への招待　全二冊　テリー・イーグルトン　大橋洋一訳
D.G.ロセッティ作品集　南條竹則・松村伸一編訳
真夜中の子供たち　全二冊　サルマン・ラシュディ　寺門泰彦訳

《イギリス文学》〔赤〕

ユートピア	トマス・モア	平井正穂訳
完訳 カンタベリー物語 全三冊	チョーサー	桝井迪夫訳
ヴェニスの商人	シェイクスピア	中野好夫訳
十二夜	シェイクスピア	小津次郎訳
ハムレット	シェイクスピア	野島秀勝訳
オセロウ	シェイクスピア	菅泰男訳
リア王	シェイクスピア	野島秀勝訳
マクベス	シェイクスピア	木下順二訳
ソネット集	シェイクスピア	高松雄一訳
ロミオとジューリエット	シェイクスピア	平井正穂訳
リチャード三世	シェイクスピア	木下順二訳
対訳 シェイクスピア詩集 —イギリス詩人選(1)		柴田稔彦編
から騒ぎ	シェイクスピア	喜志哲雄訳
冬物語	シェイクスピア	桒山智成訳
言論・出版の自由 他一篇 —アレオパジティカ	ミルトン	原田純訳
失楽園 全二冊	ミルトン	平井正穂訳
奴婢訓 他一篇	スウィフト	深町弘三訳
ガリヴァー旅行記	スウィフト	平井正穂訳
ジョウゼフ・アンドルーズ 全二冊	フィールディング	朱牟田夏雄訳
トリストラム・シャンディ 全三冊	ロレンス・スターン	朱牟田夏雄訳
ウェイクフィールドの牧師 —むだばなし	ゴールドスミス	小野寺健訳
幸福の探求 —アビシニアの王子ラセラスの物語	サミュエル・ジョンソン	朱牟田夏雄訳
対訳 ブレイク詩集 —イギリス詩人選(4)		松島正一編
対訳 ワーズワス詩集 —イギリス詩人選(3)		山内久明編
湖の麗人	スコット	入江直祐訳
キプリング短篇集		橋本槙矩編訳
高慢と偏見 全二冊	ジェーン・オースティン	富田彬訳
ジェイン・オースティンの手紙		新井潤美編訳
マンスフィールド・パーク 全二冊	ジェイン・オースティン	新井潤美・宮丸裕二訳
エリア随筆抄	チャールズ・ラム	南條竹則編訳
デイヴィッド・コパフィールド 全五冊	ディケンズ	石塚裕子訳
炉辺のこほろぎ	ディケンズ	本多顕彰訳
ボズのスケッチ 短篇小説篇 全二冊	ディケンズ	藤岡啓介訳
アメリカ紀行 全二冊	ディケンズ	伊藤弘之・下笠徳次・隈元貞広訳
イタリアのおもかげ	ディケンズ	伊藤弘之・下笠徳次・隈元貞広訳
大いなる遺産 全二冊	ディケンズ	石塚裕子訳
荒涼館 全四冊	ディケンズ	佐々木徹訳
ジェイン・エア 全二冊	シャーロット・ブロンテ	河島弘美訳
サイラス・マーナー	ジョージ・エリオット	土井治訳
嵐が丘 全二冊	エミリー・ブロンテ	河島弘美訳
アルプス登攀記 全二冊	ウィンパー	浦松佐美太郎訳
アンデス登攀記 全二冊	ウィンパー	大貫良夫訳
ジーキル博士とハイド氏	スティーヴンスン	海保眞夫訳
南海千一夜物語	スティーヴンスン	中村徳三郎訳
若い人々のために 他十一篇	スティーヴンスン	岩田良吉訳
怪談 —不思議なことの物語と研究	ラフカディオ・ハーン	平井呈一訳
ドリアン・グレイの肖像	オスカー・ワイルド	富士川義之訳
サロメ	ワイルド	福田恆存訳
嘘から出た誠	ワイルド	岸本一郎訳
童話集 幸福な王子 他八篇	オスカー・ワイルド	富士川義之訳

読書子に寄す

——岩波文庫発刊に際して——

岩波茂雄

真理は万人によって求められることを自ら欲し、芸術は万人によって愛されることを自ら望む。かつては民を愚昧ならしめるために学芸が最も狭き堂宇に閉鎖されたことがあった。今や知識と美とを特権階級の独占より奪い返すことはつねに進取的なる民衆の切実なる要求である。岩波文庫はこの要求に応じそれに励まされて生まれた。それは生命ある不朽の書を少数者の書斎と研究室とより解放して街頭にくまなく立たしめ民衆に伍せしめるであろう。近時大量生産予約出版の流行を見る。その広告宣伝の狂態はしばらくおくも、後代にのこすと誇称する全集がその編集に万全の用意をなしたるか。千古の典籍の翻訳企図に敬虔の態度を欠かざりしか。さらに分売を許さず読者を繋縛して数十冊を強うるがごとき、はたしてその揚言する学芸解放のゆえんなりや。吾人は天下の名士の声に和してこれを推挙するに躊躇するものである。このときにあたって、岩波書店は自己の責務のいよいよ重大なるを思い、従来の方針の徹底を期するため、すでに十数年以前より志して来た計画を慎重審議この際断然実行することにした。吾人は範をかのレクラム文庫にとり、古今東西にわたって文芸・哲学・社会科学・自然科学等種類のいかんを問わず、いやしくも万人の必読すべき真に古典的価値ある書をきわめて簡易なる形式において逐次刊行し、あらゆる人間に須要なる生活向上の資料、生活批判の原理を提供せんと欲する。この文庫は予約出版の方法を排したるがゆえに、読者は自己の欲する時に自己の欲する書物を各個に自由に選択することができる。携帯に便にして価格の低きを最主とするがゆえに、外観を顧みざるも内容に至っては厳選最も力を尽くし、従来の岩波出版物の特色をますます発揮せしめようとする。この計画たるや世間の一時の投機的なるものと異なり、永遠の事業として吾人は微力を傾倒し、あらゆる犠牲を忍んで今後永久に継続発展せしめ、もって文庫の使命を遺憾なく果たさしめることを期する。芸術を愛し知識を求むる士の自ら進んでこの挙に参加し、希望と忠言とを寄せられることは吾人の熱望するところである。その性質上経済的には最も困難多きこの事業にあえて当たらんとする吾人の志を諒として、その達成のため世の読書子とのうるわしき共同を期待する。

昭和二年七月

小説《しょうせつ》の技法《ぎほう》　ミラン・クンデラ著

2016年5月17日　第1刷発行
2023年8月4日　第3刷発行

訳　者　西永良成《にしながよしなり》

発行者　坂本政謙

発行所　株式会社　岩波書店
〒101-8002 東京都千代田区一ツ橋 2-5-5
案内 03-5210-4000　営業部 03-5210-4111
文庫編集部 03-5210-4051
https://www.iwanami.co.jp/

印刷 製本・法令印刷　カバー・精興社

ISBN 978-4-00-377002-3　Printed in Japan

人名索引

ア行

アポリネール, ギヨーム Guillaume Apollinaire
フランスの詩人(1880-1918) 195
アラゴン, ルイ Louis Aragon
フランスの詩人・小説家(1897-1982) 29
アリストテレス Aristoteles
ギリシャの哲学者(前384-前322) 223
イヨネスコ, ウージェーヌ Eugène Ionesco
ルーマニア生まれのフランスの劇作家・小説家(1909-94) 196, 203
ヴァンチュラ, ヴラディスラフ Vladislav Vančura
チェコの小説家(1891-1942) 196
ヴェルフェル, フランツ Franz Werfel
チェコの小説家・劇作家(1890-1945) 150
ヴォルテール Voltaire
フランスの作家・思想家(1694-1778) 178, 224
エリュアール, ポール Paul Eluard
フランスの詩人(1895-1952) 214-215
オウィディウス・ナーソ, プブリウス Publius Ovidius Naso
ローマのエレゲイア詩人(前43-後17頃) 173
オーウェル, ジョージ George Orwell
イギリスの作家(1903-50) 23, 200

カ行

カストリアディス, コルネリュウス Cornelius Castoriadis
ギリシャ出身の哲学者(1922-97) 208
カフカ, フランツ Franz Kafka
チェコのユダヤ系ドイツ語作家(1883-1924) 21, 23, 28, 40-41,

51, 66, 72–73, 113, 117, 135, 142–144, 146–150, 153–160, 162–164, 169, 178, 181, 183, 195, 204, 206–207, 212
カミュ, アルベール Albert Camus
フランスの作家(1913–60)　205
ガリレイ, ガリレオ Galileo Galilei
イタリアの物理学者・天文学者・哲学者(1564–1642)　11
カルヴィーノ, イタロ Italo Calvino
イタリアの作家(1923–85)　206
キーツ, ジョン John Keats
イギリスの詩人(1795–1821)　61
キッシュ, エゴン・エルウィン Egon Erwin Kisch
チェコの作家(1885–1948)　151
クリスティ, アガサ Agatha Christie
イギリスの推理小説家(1890–1976)　186
ゲーテ, ヨハン・ヴォルフガング・フォン Johann Wolfgang von Goethe
ドイツの作家(1749–1832)　39, 180, 205, 224
ゴーゴリ, ニコライ・ワシエヴィッチ Nikolai Vasilevich Gogol
ロシアの作家(1809–52)　203
コンスタン, バンジャマン Benjamin Constant
フランスの作家(1767–1830)　39
ゴンブロヴィチ, ヴィトルド Witold Gombrowicz
ポーランドの作家(1904–1969)　43, 53, 56, 97, 135, 178, 196, 204, 209
コンラッド, ジョゼフ Joseph Conrad
ポーランド出身のイギリスの作家(1857–1924)　184

サ 行

サルトル, ジャン・ポール Jean-Paul Sartre
フランスの作家・思想家(1905–80)　155, 205
シェイクスピア, ウィリアム William Shakespeare
イギリスの詩人・劇作家(1564–1616)　147
シェーンベルク, アルノルト Arnold Schönberg

オーストリアの作曲家(1874-1951)　104, 121, 178
シクロフスキー, ヴィクトル Viktor Shklovsky
ロシアの批評家・作家(1893-1984)　107
ジッド, アンドレ André Gide
フランスの作家(1869-1951)　135, 179, 205
シャーシャ, レオナルド Leonardo Sciascia
イタリアの作家(1921-1989)　184
シャトーブリアン, フランソワ・ルネ・ド François-René de Chateaubriand
フランスの作家・政治家(1768-1848)　205
シャール, ルネ René Char
フランスの詩人(1907-88)　64
シュクヴォレツキー, ヨゼフ Josef Škvorecký
チェコの作家(1924-2012)　139
シュティフター, アーダルベルト Adalbert Stifter
オーストリアの作家(1805-1868)　93
シューベルト, フランツ Franz Schubert
オーストリアの作曲家(1797-1828)　195
ジョイス, ジェイムズ James Joyce
アイルランドの作家(1882-1941)　14, 23-24, 39-40, 45, 179, 204
ショパン, フレデリック Frédéric Chopin
ポーランドの作曲家・ピアニスト(1810-1849)　128-129
シラー, フリードリヒ・フォン Friedrich von Schiller
ドイツの劇作家・詩人(1759-1805)　180
ズヴェーヴォ, イタロ Italo Svevo
イタリアの作家(1861-1928)　179
スカーツェル, ヤン Jan Skácel
チェコの詩人(1922-89)　139, 161
スターン, ロレンス Laurence Sterne
イギリスの作家(1713-68)　28, 118, 203, 205, 224-226
スタンダール Stendhal
フランスの作家(1783-1842)　39
ストラヴィンスキー, イーゴル Igor Stravinsky

ロシア生まれの作曲家(1882–1971)　104
セリーヌ, ルイ・フェルディナン Louis-Ferdinand Céline
フランスの作家(1894–1961)　205
セルバンテス, ミゲル・デ Miguel de Cervantes
スペインの作家(1547–1616)　13, 16, 18, 25, 32, 34, 94, 98, 107, 134–135, 206
ゾラ, エミール Emile Zola
フランスの作家(1840–1902)　157

タ 行

ダンテ アリギエーリ Dante Alighieri
イタリアの詩人(1265–1321)　38
チェーホフ, アントン・パヴロヴィチ Anton Pavlovich Chekhov
ロシアの劇作家・小説家(1860–1904)　113
チャイコフスキー, ピョートル・イリイチ Pyotr Ilich Chaikovsky
ロシアの作曲家(1840–93)　186
チャペック, カレル Karel Čapek
チェコの作家(1890–1938)　206
ディドロ, ドゥニ Denis Diderot
フランスの作家・哲学者(1713–84)　18, 28, 38, 114, 118, 197, 203
デカルト, ルネ René Descartes
フランスの哲学者・数学者(1596–1650)　11–13, 15, 63, 223
デモクリトス Democritus
古代ギリシャの哲学者(前460頃–前370頃)　43
ドゥノン, ヴィヴァン Vivant Denon
フランスの版画家・外交官(1747–1825)　202
ドストエフスキー, フョードル Fyodor Dostoevsky
ロシアの作家(1821–1881)　88, 114
ドビュッシー, クロード Claude Debussy
フランスの作曲家(1862–1918)　199
トルストイ, レフ・ニコラエヴィチ Lev Nikolaevich Tolstoi
ロシアの作家(1828–1910)　14, 20, 87–88, 116, 201, 220
ドルバック, ポール・アンリ・チリー Paul Henri Thiry D'Holbach

フランスの哲学者(1723-1789)　224

ナ 行

ナボコフ, ヴラジーミル Vladimir Nabokov
ロシア生まれのアメリカ作家(1899-1977)　201, 206
ニーチェ, フリードリヒ Friedrich Nietzsche
ドイツの哲学者(1844-1900)　46, 94, 186
ノヴァーリス Novalis
ドイツの詩人・作家(1772-1801)　116-117, 170
ノラ, ピエール Pierre Nora
フランスの歴史家(1931-)　168

ハ 行

ハイデガー, マルチン Martin Heidegger
ドイツの思想家(1889-1976)　12-13, 21, 55, 213
ハイドン, ヨーゼフ Joseph Haydn
オーストリアの作曲家(1732-1809)　178
ハシェク, ヤロスラフ Jaroslav Hašek
チェコの小説家(1883-1923)　21, 23, 72-73, 178
パス, オクタビオ Octavio Paz
メキシコの詩人・評論家(1914-98)　64, 198
パスカル, ブレーズ Blaise Pascal
フランスの哲学者・科学者(1623-62)　202
パステルナーク, ボリス Boris Pasternak
ロシアの詩人・小説家(1890-1960)　186
バッハ, ヨハン・セバスチャン Johann Sebastian Bach
ドイツの作曲家(1685-1750)　109, 214-215
バルザック, オノレ・ド Honoré de Balzac
フランスの小説家(1799-1850)　14, 18, 55-56
バルトーク, ベーラ Béla Bartók
ハンガリーの作曲家(1881-1945)　178
ピカソ, パブロ Pablo Picasso
スペイン生まれのフランスの画家(1881-1973)　215

ヒッポクラテス Hippocrates
古代ギリシャの医者(前460頃-前370頃)　223
フィールディング, ヘンリー Henry Fielding
イギリスの小説家(1707-54)　178, 193, 205, 224-225
フェリーニ, フェデリコ Federico Fellini
イタリアの映画監督(1920-93)　196
フエンテス, カルロス Carlos Fuentes
メキシコの作家(1928-2012)　29, 83-84
フォークナー, ウィリアム William Faulkner
アメリカの小説家(1897-1962)　205-207
フッサール, エトムント Edmund Husserl
オーストリアの哲学者(1859-1938)　11-12, 14, 22, 30
プラトン Plato
古代ギリシャの哲学者(前427-前347頃)　133, 143, 223
ブラームス, ヨハネス Johannes Brahms
ドイツの作曲家(1833-97)　43
フランス, アナトール Anatole France
フランスの作家(1844-1924)　214
プルースト, マルセル Marcel Proust
フランスの小説家(1871-1922)　14, 23, 39-41, 43, 51-52, 72, 195, 205, 214
ブルックナー, アントン Anton Bruckner
オーストリアの作曲家(1824-96)　215
ブルトン, アンドレ André Breton
フランスの詩人(1896-1966)　211
フロイト, ジークムント Sigmund Freud
オーストリアの精神医学者(1856-1939)　51, 178, 227
ブロッホ, ヘルマン Hermann Broch
オーストリアの作家(1886-1951)　14, 22, 24, 28-29, 52, 66-67, 72, 74-75, 81-84, 88, 92-99, 103, 106, 108-109, 132, 169, 178-179, 185, 193, 196, 206, 228
ブロート, マックス Max Brod
チェコの批評家・作家(1884-1968)　150

フローベール, ギュスターヴ Gustave Flaubert
フランスの小説家(1821-80) 14, 24, 133, 178, 193, 204, 205-206, 219-220, 226-227
ベケット, サミュエル Samuel Beckett
アイルランド出身フランスの小説家・劇作家(1906-89) 196
ヘーゲル, ゲオルク・ヴィルヘルム・フリードリヒ Georg Wilhelm Friedrich Hegel
ドイツの哲学者(1770-1831) 16, 180, 191, 226
ベートーヴェン, ルートヴィヒ・ヴァン Ludwig van Beethoven
ドイツの作曲家(1770-1827) 120, 129, 130-131, 199, 207
ヘミングウェイ, アーネスト Ernest Hemingway
アメリカの小説家(1899-1961) 202
ヘラクレイトス Heraclitus
古代ギリシャの哲学者(前540頃-前480頃) 223
ベンヤミン, ヴァルター Walter Benjamin
ドイツの思想家(1892-1940) 52
ボッカッチョ, ジョヴァンニ Giovanni Boccaccio
イタリアの作家(1313-75) 38
ボードレール, シャルル Charles Baudelaire
フランスの詩人(1821-67) 90, 93
ホフマンスタール, フーゴー・フォン Hugo von Hofmannsthal
オーストリアの詩人・劇作家(1874-1929) 179
ホメロス Homerus
古代ギリシャの詩人(前8世紀頃に活躍) 20, 223
ホラン, ヴラジミール Vladimír Holan
チェコの詩人(1905-80) 198
ホロヴィッツ, ヴラジミール Vladimir Horowitz
ウクライナ出身のアメリカのピアニスト(1904-89) 186

マ 行

マヤコフスキー, ヴラジーミル Vladimir Mayakovsky
ロシアの詩人(1893-1930) 195
マルクス, カール Karl Marx

ドイツの思想家・社会主義者(1818-83)　　51, 227
マルクス, グルーチョ Groucho Marx
アメリカのコメディアン(1890-1977)　　146
マルロー, アンドレ André Malraux
フランスの作家(1901-76)　　205
マン, トーマス Thomas Mann
ドイツの小説家・批評家(1875-1955)　　14, 72, 82-84, 114, 209
ムカジョフスキー, ヤン Jan Mukařovský
チェコの美学者・言語学者(1891-1975)　　213
ムージル, ローベルト Robert Musil
オーストリアの作家(1880-1942)　　23, 28, 51-52, 72, 97, 113, 178, 182, 193, 195, 206
メシアン, オリヴィエ Olivier Messiaen
フランスの作曲家(1908-92)　　208
モーパッサン, ギー・ド Guy de Maupassant
フランスの小説家(1850-93)　　206

ヤ 行

ヤナーチェク, レオッシュ Leoš Janáček
チェコの作曲家(1854-1928)　　104-105, 199, 215
ヤノーホ, グスタフ Gustav Janouch
チェコの作家(1903-68)　　183
ユゴー, ヴィクトール Victor Hugo
フランスの詩人・小説家・劇作家(1802-85)　　62, 186

ラ 行

ライプニッツ, ゴットフリート Gottfried Leibniz
ドイツの哲学者・数学者(1646-1716)　　225-226
ラクロ, コデルドス・ド Choderlos de Laclos
フランスの作家(1741-1803)　　39, 224
ラビーシュ, ウージェーヌ Eugène Labiche
フランスの劇作家(1815-88)　　133
ラフマニノフ, セルゲイ Sergei Rakhmaninov

ロシアの作曲家・ピアニスト(1873-1943)　186
ラブレー, フランソワ François Rabelais
フランスの作家・医師(1494 頃-1553 頃)　94, 203, 221-223
ランボー, アルチュール Arthur Rimbaud
フランスの詩人(1854-91)　61-62, 196
リチャードソン, サミュエル Samuel Richardson
イギリスの小説家(1689-1761)　13, 39
リルケ, ライナー・マリーア Rainer Maria Rilke
オーストリアの詩人(1875-1926)　193
ルソー, ジャン・ジャック Jean-Jacques Rousseau
フランスの作家・思想家(1712-78)　205, 224
ルター, マルチン Martin Luther
ドイツの宗教改革者(1483-1546)　81-84
レジェ, フェルナン Fernand Léger
フランスの画家(1881-1955)　195
レールモントフ, ミハイル・ユリエヴィチ Mikhail Yurevich Lermontov
ロシアの詩人・小説家(1814-41)　61
レンブラント, ファン・レイン Rembrandt van Rijn
オランダの画家(1606-69)　215
ロス, フィリップ Philip Roth
アメリカの小説家(1933-)　146
ロディティ, エドワード Edouard Roditi
アメリカの詩人・作家(1910-92)　52